Awamura Akamitsu
아와무라 아카미츠

Illustration
mmu
번역 손종근

내 여자친구의

최고로귀여워!

2

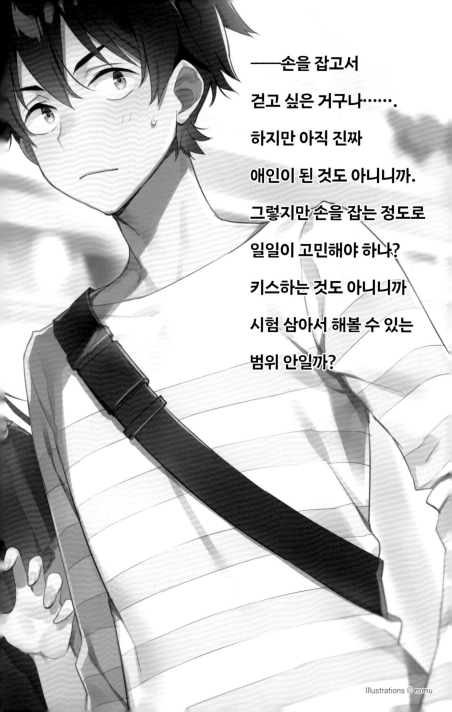

——손을 잡고서

걷고 싶은 거구나······.

하지만 아직 진짜

애인이 된 것도 아니니까.

그렇지만 손을 잡는 정도로

일일이 고민해야 하나?

키스하는 것도 아니니까

시험 삼아서 해볼 수 있는

범위 안일까?

Illustrations ©mmu

흠흠
공부가 되네요.

나도
선배들처럼
되고 싶어~~!

Illustrations © mmu

CONTENTS

oreno onna tomodachi ga
saikou ni kawaii.

프롤로그

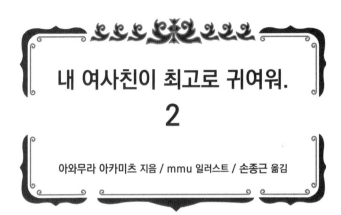

내 여사친이 최고로 귀여워.
2

아와무라 아카미츠 지음 / mmu 일러스트 / 손종근 옮김

나카무라 카이
Nakamura Kai

고등학교 2학년.
다양한 취미에
전력으로 몰두하는
남자아이.
고등학교에
입학하면서
만난 준과
취미의 상성이
딱 맞아서
둘도 없는
친구가 되었다.

미야카와 준
Miyakawa Jun

고등학교 2학년.
학년 최고의
미소녀라고도
일컬어지는 인기인.
온갖 장르의
취미에서 카이와
서로를 이해해주는
기적의 여자사람 친구.

호테이 코토부키
Hotel Kotobuki

고등학교 1학년.
카이가 아르바이트하는
가게의 여자사람 친구.
장난기 많은 캐릭터로
보이지만 사실은
두부 멘탈인 후배.
사실은 카이를
좋아한다……?!

후지사와 레이나
Fujisawa Reina

고등학교 2학년.
학년 제일의 '미녀'라고
불리는 여자아이로,
준과는 옛날부터
친구사이.
카이를 '친구'로서
인정하고 있다.

가족 동반 손님들로 북적이는 일요일의 푸드 코트.

카이 A.K.A. 나카무라 애시는 작은 플라스틱 테이블을 사이에 두고 일대일로 담소 중이었다.

상대는 한 살 연하에, 아르바이트 후배에 해당되는 여자아이.

솔직히 미소녀였다.

어쩌면 건방지게도 보이는 얼굴인데, 여봐란듯이 단정한 덕분에 소악마 같은 매력으로 승화된 용모.

그러면서도 어딘가의 아가씨처럼 품위 있게 비치는 것은, 허리까지 곧게 자란 흑발 탓일까. 장인이 매일 심혈을 담아서 연마한 것 같은 광택이 의연하고 아름다웠다.

이름은 호테이 코토부키 씨.

고작해야 싸구려 종이컵에 든 그냥 자몽 주스를 마치 세련된 카페의 고급 음료처럼 새침한 태도로 빨대를 잡고서 마시는 모습이, 전혀 싫지 않았다.

오히려 그림이 되었다.

"코토부키 씨가 마시니 무척 맛있어 보이네요."

카이는 쓴웃음 섞어서 놀렸다.

"선배도 한 입, 어떠신가요?"

코토부키는 가렵지도 않다는, 그야말로 새침한 얼굴로 대답했다.

독특한, 묘하게 억양이 부족해서 이상한 말투.

Illustrations © mmu

알바를 시작하고 이제 3개월, 아직은 업무용 존댓말에 익숙하지 않은 업무 초심자인 코토부키 씨.

그 녀석이 표정만 거만하게, 득의양양해서는 빨대 끝을 내질렀다.

카이도 후배에 맞춘, 억양이 부족해서 이상한 말투로,

"사양하도록 하죠. 그냥 자몽 주스잖아요?"

"그냥 주스가 아니에요. 미소녀가 입을 댄 자몽 주스예요. 무척 귀중한 물건이죠."

"설마 맛이 바뀌기라도?"

"모쪼록 한번 시험해 보시는 건?"

"이른바 간접 키스가 되어 버리는데요?"

"간접 키스를 해보고 싶다, 에둘러서 말씀드리는 거예요. 굳이 말로 하게 만들지 마세요, 부끄러워요."

"코토부키 씨는 의외로 엄청 밝히는군요."

"고상한 성격이라고 말씀해 주시죠."

"말은 표현하기 나름이네요."

"위트가 통했다고 칭찬해 주셔도?"

흐흥, 건방진 표정을 짓는 코토부키.

그것이 치사할 정도로 귀엽고 어울렸다. 미워할 수 없는 녀석이라니까.

"모처럼의 첫 데이트이고 제 쪽에서 조른 이상, 애인다운 분위기를 연출해 보려고 노력하는 건데요. 애 같은 선배한테는 적잖이 자극이 강했을까요?"

후우, 이것 참. 짐짓 어른스럽게 어깨를 으쓱이는 코토부키.

이쪽을 보는 눈은 완전히 깔보는 시선.

하지만──.

"그렇게까지 말씀하신다면 간접 키스를 해보지요."

"냐냐그악?!"

카이가 아무렇지도 않게 목을 뻗어서 빨대를 물려고 하자 코토부키는 당황스럽게 괴성을 내지르며 물러났다.

조금 전까지 풍기던 여유는 어디로 갔는지. 목덜미까지 새빨개질 정도로 부끄러워했다.

"어라? 무슨 일인가요, 코토부키 씨?"

"서, 선배는 짓궂으시네요."

"하지만 간접 키스를 요구한 건 코토부키 씨인데요?"

"짓궂어요."

빨대로 목표를 정하고 슥, 슥 카이가 목을 뻗을 때마다, 코토부키는 허둥지둥 양손으로 든 컵을 좌로 우로 계속 피했다.

설마 이쪽이 도발에 응할 줄은 몰랐던 거냐? 바보 녀석. 중학생 시절이라면 모를까, 여사친들과의 가벼운 스킨십 따위는 최근 1년 사이에 잔뜩 단련했다.

"왜 피하는 건가요, 코토부키 씨? 자, 코토부키 씨의 가련한 입술로 빨았던 그 빨대를, 저도 맛보게 해주시지요. 자, 얼른."

"서, 선배는 변태예요. 표현이 야해요."

"코토부키 씨의 갸륵한 노력을 마주하고, 애인다운 분위기를 연출하는 데 협력하는 건데요?"

"이런 걸 애인답다고 하진 않아요."

카이는 장난을 치며 놀리는 것뿐인데, 아직도 붉은 얼굴 그대로 필사적으로 항의하는 코토부키 씨.

그렇다──.

코토부키는 두부처럼 부드러운 멘탈의 소유자였다.

확실히 조금 건방진 구석은 있다. 하지만 평소부터 어른스럽게 행동하는 것도 제멋대로 떠드는 것도, 굳이 따지자면 그 허접 멘탈을 가리기 위한 연기였다.

본인은 제대로 감춘다고 생각하는 모양.

하지만 안타깝게도! 카이한테는 훤히 보이니까.

코토부키가 아무리 득의양양한 표정을 지어도 깔아보는 시선으로 대화해도, 쓴웃음을 부를 뿐이라서 이 후배가 밉지가 않다.

오히려 귀여운 녀석이라 생각하고 마는 것이었다.

"ㅇㅇㅇㅇㅇㅇ……."

코토부키는 마침내 손을 뒤로 돌려서 종이컵을 등 뒤로 감추어 버렸다.

"그렇게까지 할 것 없는데."

카이는 웃음을 터뜨리고 원래 말투로 돌아와서 딴죽을 날렸다.

한편 코토부키는 겸연쩍은 기분을 감추듯이 허세를 부리고는 카이를 치켜뜬 눈으로 노려보며,

"이건 정조를 지키기 위해서 필요한 행위라고요. 저는 전력으

로 싸우겠어요."

"정조라니."

카이는 무심코 쓴웃음 지었다.

'애 같은 건 대체 어느 쪽인가요─.'

내심 웃음을 참을 수가 없었다.

그리고 동시에 떠올렸다.

이렇다시피 코토부키는 어린 구석이 있는 소녀다.

본인이 말로 여유롭게 구는 만큼 이성에 대한 면역이 있는 것은 아니었다.

그러니까, 어디까지나 장난이나 농담의 범위에서 놀리는 것은 괜찮지만─.

'**넘어서는 안 되는 일선에는 제대로 주의해야겠지.**'

카이는 다시금 스스로를 타일렀다.

새삼스럽게 주의를 기울여야만 할 만큼 자신도 여성을 상대하는 것에 익숙하지는 않다고, 그렇게 경계했다.

그것은 대략 2주 전—— 골든 위크 후반이었다.

알바하는 곳 휴게실에서 카이는 갑자기 코토부키에게 고백받
았다.

"마마마말도 안 돼 너 날 좋아했어?!"

"으음, 그게, 저기, 저기…………………… 예."

——그런 느낌의, 무드 따위는 전무한 기습이었다.

처음에는 코토부키에게 이런저런 조언을 받은, 그 답례를 해
야겠다는 이야기였는데.

영화를 보고 싶다, 같이 쇼핑을 가줬으면 좋겠다, 밥 먹으러
가고 싶다는 코토부키의 희망을 듣고 있는 사이에 점점 흐름이
이상해졌다.

어쩌다 이렇게 됐지.

너무 놀라서 석상처럼 굳어 버렸다.

코토부키는 불과 두 달쯤 전부터 알바를 하러 온 후배였다.

만난 지 아직 3개월이라는 계산.

확실히 카이가 지도 담당이기도 해서 업무상의 대화도 가장
밀접했던 것은 틀림없지만.

코토부키는 애니메이션을 좋아하는 아이니까 서로 의기투합
하기도 했지만.

카이로서는 어디까지나 친한 알바 친구라는 인식이었다.

그런데 설마 코토부키 쪽은 애정을 느꼈을 줄이야!

기쁘지 않다면 거짓말이지만, 마른하늘에 날벼락이라는 기분이 더 강했다.

"저…… 저기—…… 선배……?"

카이가 석상으로 변해 있었더니 코토부키가 대답을 청했다.

말투는 이미 허둥지둥.

시선은 그저 좌우로 헤매고.

"그게…… 저기…… 대답은……?"

머뭇머뭇하는 코토부키의 질문에 카이는 정신을 차렸다.

허접 멘탈인 이 녀석이—어느 정도 기세에 내맡긴 느낌이 있다고는 해도— 용기를 짜내어 고백한 것이다.

제대로 대답하지 못하면 남자도 아니다.

"소, 솔직하게 말할게."

인생 처음으로 이성에게, 게다가 이런 미소녀에게 고백을 받고 카이도 긴장해서 목소리가 뒤집혀버렸다.

"아, 예. 부탁드려요."

코토부키 쪽도 판결을 기다리는 피고인처럼 잔뜩 긴장했다.

목을 꿀꺽 올리고, 눈은 이미 활짝 뜬 상태였다.

"솔직히 말해서—."

"아, 예. 솔직히 말씀하셔서……?"

"—딱 와 닿지가 않아."

"제가 싫은가요?!"

코토부키가 화─악 울상을 지었다.

아으아으, 자그마한 동물처럼 떠는 후배에게 카이는 황급히 변명했다.

"그렇지 않아! 코토부키 씨는 좋아해. 다만, 만화 같은 데서 자주 나오는 『이성으로서 좋으냐』라는 문제, 솔직히 말해서 난 잘 모르겠어. 좋아한다의 차이를 모르겠다고. 그러니까 사귈 수는 없다고 생각합니다. 죄송합니다! 하지만 좋아해!!!"

생각한 것을 차례차례, 열심히 쏟아냈다.

코토부키를 싫어할 리가 없다.

자신을 위한 것만이 아니라 그녀를 위해서라도, 그건 확실하게 호소해야 한다.

그러니까 꼴사납다든지 촌스럽다든지 따질 때가 아니었다.

"서, 선배의 마음은 알았어요. 그러니까, 좋다좋다 그러지 마세요. ……부끄러워요."

코토부키가 안도하며 가슴을 쓸어내렸다.

그리고 천천히 뺨을 물들였다.

부끄러워서 더는 카이 얼굴을 볼 수가 없다는 듯 엉뚱한 쪽을 봤다.

이런 모습 하나하나가 역시나 귀엽다.

싫어질 리가 없다.

"그럼 역시, 저희 데이트하지 않을래요??"

코토부키가 여전히 엉뚱한 곳을 보며, 몸을 들썩들썩하며 제안했다.

"사귈 생각도 아닌데 데이트를 한다니, 그건 또 무슨 말씀이실까."

카이도 아직 두근두근하며, 본래 말투와 코토부키용 존댓말이 섞인 이상한 말투로 대답했다.

"왜 안 되는지, 여쭤어도?"

"그야 당연하지요. 마치 코토부키 씨를 일단 챙겨는 놓겠다는 것 같아서 불성실하다는 느낌이네요."

"선배는 만화를 너무 많이 본다고요."

흐흥, 코토부키가 깔보는 시선으로 말했다.

점점 원래 분위기로 돌아오는구나, 이 녀석.

"무슨 이야긴지, 여쭤어도?"

"딱히 최종적으로 애인 사이가 될지 확실하지 않더라도, 데이트를 하는 것 정도로 성실을 따질 게 아니라고 생각해요. 오히려 테스트 기간을 마련하는 편이, 서로를 위해서라도 현실적이라고도 할 수 있어요."

"그렇구나. 그건 그런가."

카이는 지금으로서는 영 와닿지가 않지만, 데이트를 거듭하는 사이에 언젠가는 코토부키를 이성으로 좋아하게 될지도 모른다.

"오히려 제 쪽이 먼저 선배를 환멸할지도 모르니까요?"

"그렇구나, 그것도 그런가!"

굉장한 설득력을 느껴버리고, 화가 치밀기도 전에 납득해 버렸다.

그리고 코토부키가 몰아붙이듯이 어필했다.

자신의 가슴에 손을 대고서,

"저, 귀엽지 않나요?"

이런 말을 진지한 얼굴로 할 수 있는 게, 건방진 점이라 생각했다.

"예. 무척 귀엽다고 생각해요."

"그, 그렇겠죠."

그런 주제에 인정하면 금세 시선을 헤매는 것이, 두부 멘탈이라고 생각했다.

"귀여운 저랑 데이트할 수 있다니, 이득이라고 생각하지 않나요?"

"대출혈 서비스, 아니, 자선사업이라고 생각해요."

"그렇게까지 비하하는 것도 어떨까 싶지만, 어쨌든 이 빅 웨이브를 놓칠 수는 없겠죠?"

"실제로 검토해 볼 가치가 있네요."

"선배는 따로 애인 같은 건 없죠? 의리를 지킬 상대는 없죠?"

"오히려 여친 없는 역사가 16년입니다만?"

"그럼 저랑 데이트하는 데 무슨 문제라도?"

"흐—음."

카이는 팔짱을 꼈다.

사실은 딱 하나 있었다.

근본적으로 카이는 연인이라는 관계성이 귀찮은 것이라고 생각한다.

상대가 아무리 귀여운 이성이라도, 친구 사이로 지내는 편이 훨씬 낫다고 생각한다.

최근에 연이어서 벌어진 소동 덕분에 통감했다.

'하지만 말이지…….'

그야말로 '연인'이 되고 싶어 하는 코토부키를 상대로 그런 말을 하는 것은 성과 없는 평행선에 불과할지도 모른다.

게다가,

"저는 딱히 데이트를 했다고 나중에 책임을 지라든지 그런 소리는 안 하니까요. 그건 반드시 약속할 테니까요."

연하 여자아이가 그렇게까지 말하는데도 퇴짜를 놓는 것은 그저 겁쟁이일지도 모른다.

카이는 팔짱을 풀었다.

"알았어. 데이트할까."

원래 말투로 돌아와서, OK했다.

금세 코토부키는 환한 표정을 짓더니,

"……………………기뻐."

평소의 억양이 없는 존댓말이 아니라 곱씹듯이 중얼거렸다.

호테이 코토부키는 조금 건방지고, 두부 멘탈이고―― 무엇보다도 기특한 녀석이었다.

◇◆◇

──그래서 오늘이 카이와 코토부키의 첫 데이트였다.

찾아왔습니다 '타이쿤 시티'.

두 사람이 사는 사카타 주민들이 '기합을 넣어서 쇼핑을 가는 곳'이라면, 보통은 둘 중 하나를 고르게 된다.

하나는 전철을 타고 도내까지 원정을 가든지.

혹은 시내에 있는 대형 복합 상업 시설로 타협하든지.

후자가 바로 '타이쿤 시티'였다.

다만 타협이라 해도 어디까지나 도쿄님께는 이길 수 없다는 이야기로, '타이쿤 시티'도 지방 도시에서는 과분할 만큼 훌륭한 시설. 사카타의 자랑.

200개가 넘는 소매점이나 음식점 외에도 최신 기체가 빼곡하게 갖추어진 오락실이 있는, 3년 전에 막 리뉴얼해서 번쩍번쩍하는 영화관이 있고, 현 최대 규모의 서점이 있고, 옐로 서브마린(일본의 장난감, 게임 전문 소매 체인점.)의 짝퉁 같은 지역 하비샵까지 있다는 구성으로, 카이의 오타쿠적인 면마저 채워줄 법한, 포용력 있는 인기 구역인 것이다.

땅도 널찍하게 사용해서 통로도 그렇고 가게 안도 그렇고 여기저기에 있는 휴식 공간도 그렇고, 기분 좋을 정도로 넉넉하다. 엘리베이터 숫자도 많다. 이것만큼은 모든 것이 갑갑한 도심보다 나아서, 가족 단위의 손님 등에게는 오히려 '타이쿤 시티'가 호평을 받는다.

그리고 마침 일요일.

떠들썩한 거리. 눈부신 쇼윈도.

결코 꾸며진 게 아닌 진짜, 남녀노소의 미소로 가득했다.

서로에게 인생 처음인 진심 데이트 장소로는 더할 나위 없이 행복한 스폿이 아닐까.

오후에 복합 영화관 앞에서 만나서, 코토부키가 보고 싶다던 애니메이션을 감상했다.

고등학교 취주악부를 그리는 청춘 영화였다.

마침 카이도 봐야지 싶던 영화이지만, 4월 하순의 개봉일부터 이런저런 소동이니 알바니 중간고사니, 바빠서 보러 올 틈이 없었기에 마침 다행이었다.

게다가 기대를 아득히 웃도는 완성도로 100분이 순식간에 지나간 것처럼 느껴졌다.

상영이 끝난 뒤에도 한동안 둘이서 머─엉하니 여운을 즐겼다.

그리고 푸드 코트로 이동해서는 서로 감상을 쏟아냈다.

"신입 1학년이 죄다, 엄청 성가신 사람들이었지요."

"선배에게 동의해요. 무척 좋은 캐릭터 구성이었어요. 계속 히죽히죽했거든요."

"맥이 빠져버린 쿠미코한테는 미안하지만, 히죽히죽하게 되었지요."

"TV판도 그랬지만…… 수수하고 별것 아닌 인간관계의 갈등이나 분열이 이렇게나 재미있으니까, 무척 멋진 작품이라고 다시금 인식했어요."

"참고로 신입 1학년 중에서 코토부키 씨는 누구를 미나요?"

"역시 카나데겠네요. 얼굴은 예쁜데 성격이 나쁜 아이는 최고예요."

"알 것 같아요. 얼굴 예쁘고 성격 나쁜 아이는 최고지요."

"하지만 선배의 취향을 생각한다면, 틀림없이 키가 큰 아이를 밀 거라 생각했는데요?"

"처음에는 괜찮은 아이라고 기대하면서 봤는데, 순식간에 둥글둥글해져 버렸어요. 솔직히 말씀드려서, 그녀에게는 독기가 부족하다고 생각합니다."

"하지만 그녀의 마지막 대사는 감동적이었어요. 선배는 좀 더 솔직한 시선으로 감상하셔야 하는 게?"

"멋지게 일그러진 시선을 가지신 코토부키 씨가 그런 말씀을 하시나요?"

"화제를 바꾸죠. 독기라고 하면, 레이나 씨가 조금 둥글둥글해진 것 같은 느낌이 없지도 않아서."

"그건 어른이 되었다고 말씀해 주시지요. 특히 축제 장면의, 아름다운 옆얼굴은 압권이었죠."

"예, 여자인 제가 빠져버릴 정도였어요."

"참으로 절묘한 표현이군요. 지극히 개인적으로는, 쿠미코와 조금 더 엮이는 게…… 그러고 보니 쿠미코는 플래그가 많은데, 아스카 선배가 맞춤 반지를 끼고 있었다는 거, 코토부키 씨는 알아차리셨습니까?"

"어……. ……. ……. ……미처 못 봤어요. ……어. 어어???"

"그러니까 무슨 뜻인지 말씀드리자면——."

"스포일러는 그만하세요. 아무리 선배라도 화낼 거라고요?"

"그건 기묘하네요. 지금 막 같이 감상했을 텐데……."

——그렇게.

서로가 감상 토크로 꽃을 피웠다.

카이도 애니메이션은 무척 좋아하지만, 코토부키가 이쪽으로는 훨씬 더 오타쿠였다.

화제가 다음 화제를 부르고, 훌륭한 작화를 칭송하면 다음에는 또 복잡한 인간 묘사의 표현에 대해서 이야기하고 다시 멋진 작화로 돌아온다는, 오락가락도 빈번하게 벌어졌다.

덕분에 목이 말라서 도중에 음료를 두 번 추가했다.

100분의 애니메이션 영화를 모두 이야기하기에는, 상영 시간만큼으로도 너무나 부족한 카이와 코토부키.

하지만 오늘은 언제까지고 애니메이션 토크를 하고 있을 수는 없었다.

오후 네 시에 알람을 세팅했는지 코토부키의 스마트폰이 울렸다.

"옷을 보러 가죠, 선배."

"어? 벌써 그런 시간인가요?"

"저녁식사는 여섯 시에 예약했으니까, 슬슬 이동하지 않으면 늦을 거예요."

"어, 어어. 그렇군요."

대체 얼마나 오래 옷을 고를 생각이신지.

그런 말을 아슬아슬하게 삼키는 카이.

"그렇게 경계하지 마시죠, 선배."

하지만 그런 속마음을 코토부키에게 들켜 버렸다.

이 녀석은 멘탈이 약해서 항상 주위의 안색을 살피며 사는 녀석이니까.

물론 코토부키는 절대 태도로 드러내지 않고 오히려 의기양양한 얼굴로 뻔뻔스럽게,

"선배가 여성의 쇼핑—— 특히 패션에 흥미가 없다는 건 이해하고 있어요. 하지만 오늘의 저는 선배의 취향에 맞추어서 옷을 고를 생각이거든요. 그리고 다음 데이트에 입고 올게요. 그렇게 생각하면, 선배도 말하자면 당사자. 기대가 되지 않나요?"

"자, 자신이 없네요."

"바로 그렇기 때문이에요. 과연 정말로 즐거울지, 이것도 말하자면 테스트의 일환이 아닐지요?"

"그, 그렇군요. 일단 해보지 않고서는 영원히 알 수 없겠네요."

빈 종이컵을 쓰레기통에 버리고 이동 개시.

쇼핑몰 안에는 패션 관련 가게만으로도 수십 곳은 있을 터. 카이는 잘 모르지만.

"코토부키 씨는, 관심 있는 가게가 있는 건가요?"

"우선은 가까운 가게를 돌아보고 싶어요."

"……설마 순서대로 전부 돌아볼 생각인가요?"

"아뇨. 그럴 생각은 없어요."

"호오."

"전부 돌기에는 시간이 부족하니까요."

"……가급적 잔뜩 돌아볼 생각이로군요."

허허…….

어깨를 늘어뜨리지 않도록 조심하며 여성복 매장으로 향했다.

고등학생 여자치고도 체구가 작은 부류인 코토부키의 걸음에, 지극히 자연스럽게 맞추었다.

남자의 페이스로 먼저 가버리는 초보적인 실수는 저지르지 않았다.

이 정도라면 누구 덕분에 일 년 동안 단련되었다.

동시에 깨달았다.

옆을 걷는 코토부키가 묘하게 조마조마한 분위기라는 것을.

이따금 비어 있는 카이의 손을 흘끗흘끗 훔쳐보는 것을.

'손을 잡고서 걷고 싶은 거구나.'

카이는 직감했다.

하지만 그렇다고 잡을지는 주저되었다.

'아직 진짜 애인이 된 것도 아니니까 말이지. 그렇지만 손을 잡는 정도로 일일이 고민해야 하나? 키스를 하는 것도 아니니까 말이지. 시험 삼아서 해볼 수 있는 범위 안일까?'

하느냐. 마느냐. 잠시 자문하는 카이.

하지만 대답은 이윽고 나왔다.

'아니, 역시 아니야.'

혹시나 손을 잡고서 걷던 도중에 서로의 지인과 딱 맞닥뜨린다면—— 그런 상황을, 오타쿠의 풍부한 상상력으로 시뮬레이션한 것이었다.

결코 말도 안 되는 이야기는 아니었다.

'타이쿤 시티'는 시내 굴지의 핫스팟이니까, 카이가 다니는 아사기 고교생도, 코토부키가 다니는 긴가 고등학교의 학생도, 필시 잔뜩 어슬렁거리고 있을 것이다.

같이 걷는 것뿐이라면 그저 둘이서 놀러 왔다고 설명하면 그만.

하지만 손을 잡은 모습을 누군가 목격한다면 애인 사이로 오해하더라도 이상하지 않고, 그것을 해명하기는 어려울 것이다.

'아니, 나는 딱히 들킨다고 해도 상관은 없지만……'

틀림없이 놀림을 당하기는 할 테지만, 실질적인 피해라면 그 정도니까.

코토부키 같은 미소녀와 무슨 사이냐고 주위에서 놀려대는 것은 오히려 무용담이라고 할 수도 있지 않을까?

한편으로 여자인 코토부키에게는 민감한 문제다.

남친이 있다고 학교에서 소문이라도 돈다면──정말로 있다면 모를까── 견딜 수 없지 않을까?

그러니까 이것은 남자 측의 책임이 발생하는 케이스라고 할 수 있다.

'응, 어떻게 생각해봐도 안 되겠어.'

코토부키에게는 미안하지만 못 알아차린 척을 하기로 했다.

한편, 코토부키 씨는 언제까지고 카이의 손을 조마조마 흘끗흘끗 보고만 있을 뿐, 결코 행동으로 드러내지는 않았다.

그녀가 손을 잡으려고 하지는 않았다.

'좀 많이 미안하네.'

그런 약한 멘탈이, 참을 수 없이 귀여웠다.

여성복 매장에 도착.

'퀸 스트리트'라는, 화려한 것 같으면서 소탈한 이름이 붙어 있는 구역이다.

큰 거리 좌우로 여성 패션을 취급하는 가게가 길게, 칸막이 없이 늘어서 있다.

선언했다시피 가까운 틴즈 전문점에서 상품을 돌아보는 코토부키 뒤를, 카이는 불편한 심정을 감추지 못하고서 따라갔다.

겹쳐진 선반에 진열된 수많은 블라우스, 그중 하나에 코토부키가 문득 시선을 멈추고,

"여기, 좋은 천을 사용하네요."

그렇게 중얼거리고는 감촉을 확인하기 시작했다.

카이는 조금 놀라서,

"색깔이나 디자인이라면 모를까, 천의 품질까지 따져보는 건가요?"

"보통 따지지 않나요?"

"……저는 보통에 해당되지 않는 모양이네요."

"선배는 평소에 어떻게 옷을 고르시는 거죠?"

"……제가 입고 있는 건 전부, 사실은 친척한테서 물려받은 거예요."

"나카무라 선배답네요."

"깔아보는 시선으로 평가하는 건 그만해 주시지요?"

"하지만 옷을 살 돈이 있다면 게임을 사고 싶을 테고, 고를 시간이 있다면 놀고 싶은 거겠죠?"

"참으로 정곡을 찌른 의견이라 생각해요."

"하지만 선배의 그런 꾸밈없는 모습도, 저는 좋아하지만요."

"높으신 곳에서 칭찬해 주셔서, 황송할 따름이에요."

농담으로 답하면서도 카이는 쓴웃음을 감추지 못했다.

코토부키가 '좋아한다'라고 말한 순간, 점점 빨개졌으니까.

자기가 말해놓고서 부끄러워하지 말라고.

코토부키는 겸연쩍은 심정을 얼버무리듯이 예의 블라우스 검토에 전념했다.

하지만 이윽고 가격을 보고 흥미를 잃은 듯했다.

좋은 천을 사용하기는 했지만 지나치게 비싼 것이리라.

"저랑 달리, 코토부키 씨는 옷의 감정에 일가견이 있으신 모양이군요."

"이렇게 보여도 양장점의 딸이니까요."

다시 일어선 코토부키가 어딘가 자랑스럽게 대답했다.

집안 얘기는 처음 들었다.

"저희 어머니는 옷을 처음부터 만드는 게 특기라서, 취미가 발전해서 가게를 열기에 이르렀어요."

작은 가게이지만 세계에서 한 벌뿐인 오더 메이드를 공들여서, 양심적인 가격으로 만들어서 지역 손님들에게도 오랫동안 사랑받고 있다고 한다.

'그렇구나, 자랑스러운 어머니인가.'

코토부키의 콧대 높은 모습을 보고 카이는 흐뭇하게 여겼다.

그러다 문득 깨닫고,

"그렇다면 굳이 옷을 사러 올 필요는 없었던 게……?"

"제 안에 있는 이상적인 한 벌을 어머니가 만들어 주시는 것과 많은 선택지 가운데 아직 본 적 없는 이상적인 한 벌을 찾아내는 건, 이야기가 다르다고 생각하지 않나요?"

"납득했습니다. 제 견식이 좁았나 봅니다."

"뭐, 실제로 제가 밖에서 옷을 사겠다고 하면 어머니는 심기가 편치 않으시지만."

"그건 참 귀여운 어머님이군요."

"자랑스러운 어머니니까요."

으흥―, 또다시 코토부키가 거친 콧김을 내뿜었다.

그리고―― 그런 대화를 나누며 원피스가 걸린 코너로 이동했다.

코토부키가 두 벌을 골라서 자기 앞에 교대로 맞추어보고,

"어느 쪽이 낫다고 생각하나요, 선배?"

그것을 카이에게 보여주며 물었다.

전체적으로 파란 계열의 옷과 하얀 계열의 옷, 두 벌이었다.

"……양쪽 다 어울린다, 고 생각해요."

딱 자르기 어렵다, 생각을 그대로 대답하는 카이.

"그럼, 이거랑 이걸로 하면?"

전체적으로 녹색 계열의 옷과 갈색 계열의 옷, 두 벌이었다.

"……순위를 가리기 어렵다, 고 생각해요."

"그럼, 이거랑 이걸로 하면?"

조금 전과는 다르지만 전체적으로 파란 계열의 옷과 하얀 계열의 옷, 두 벌이었다.

"⋯⋯어느 쪽도 괜찮다, 고 생각해요.

"어느 쪽이든 딱히 상관없으시다."

"뉘앙스에 살짝 악의가 있군요. 그런 이야기는 안 했다고요."

카이가 항의하자 코토부키는 원피스 두 벌을 든 채로 어깨를 으쓱이고,

"진지하게 골라주시죠, 선배."

"무리한 이야기는 마시지요. 코토부키 씨는 얼굴이 단정하니까, 솔직히 뭐든 어울리는 게 아닐까요?"

얼굴이 '귀엽다'와 '예쁘다'의 장점만을 취한 것 같은 반칙 수준의 미소녀니까, 어지간히 얼빠진 디자인의 옷이 아니고서야 소화해 버린다.

"그, 그런가요. 도움이 안 되는 의견, 감사합니다."

독설을 던지면서도, 칭찬을 받은 코토부키는 또다시 부끄러워하며 카이를 쳐다보지 못했다.

카이의 시선에서 도망치듯 총총히 이동.

종종걸음으로 옆 가게를 패스.

또 다음도 패스.

"코토부키 씨는 어디까지 가시는 걸까요?"

그녀의 등을 향해 딴죽을 걸어도──뺨의 열기가 식을 때까지는 걸음을 멈추지 않을 생각일 것이다── 종종걸음 그대로 척척 가버렸다.

결국에는 열 곳 이상의 가게를 지나친다는, 허접 멘탈을 유감없이 발휘.

그리고 간신히 진정이 되었는지, 또 가까운 가게로 훌쩍 입장.

선반에 진열된 상의를 살펴보더니 개어져 있던 한 벌을 펼치고,

"저한테 어울리느냐는 관점에서는, 선배한테는 옷을 고르는 능력이 부족하다는 사실은 이해했어요. 그럼 순수한 옷의 디자인을 따지면, 이걸 어떻게 생각하나요?"

"……전혀 아무 일도 없었던 것처럼, 마치 선생님 같은 표정으로 질문하는 코토부키 씨에게는 감탄하게 되네요."

"딱히 그럴 정도는."

으흥―, 코토부키는 득의양양한 모습이지만 이것은 연기.

"칭찬하는 건 아닌데요."

카이가 빤히 바라보는 것도 연기이고, 코토부키의 그런 행동이 조금 전 대이동의 수줍음을 감추는 것임을 제대로 알고 있었다.

여하튼 그 한 벌을 받아 들고는 이것저것 디자인을 체크 개시.

선명한 빨간색을 바탕으로 한 레이온 재질의 광택이 산뜻하고, 젊은 사람에게 어울리면서도 어덜트한 분위기 만점인 원 숄더였다.

하지만―― 카이가 품은 감상은 달랐다.

"전체적으로 빨갛군요."

"……그럼, 이쪽은 어떨까요?"

코토부키가 또 한 벌을 선반에서 들고 펼쳤다.

이쪽은 리넨 재질의 페플럼 블라우스. 살짝 촌스러운 디자인인데도 딱 적당한 주황색 덕분에 일종의 마스코트 캐릭터같이 친근한 귀여움을 연출했다.

"전체적으로 노랗군요."

"…………그럼, 이쪽은?"

이쪽은 완전히 어덜트 디자인의 카슈쾨르. 그렇지만 앞으로 합쳐지는 좌우 각각이 연보라색과 연노란색의 투 톤 컬러로 되어 있어서, 화려함과 얼빠진 느낌이 종이 한 장 차이라고 할까, 지나치게 엣지 있다고 할까, 어쨌든 입는 사람을 탈 것이다.

"색깔이 둘이라 재미있군요."

"…………………………."

코토부키가 보란 듯이 한숨을 연발했다.

"선배한테 패션을 물어본, 제가 어리석었나 봐요."

"자학인 척 저를 실컷 책망하는 건 그만하시죠."

카이는 떨떠름한 표정을 지었다.

그리고 코토부키는 펼친 세 벌을 공들여 개어서 조심스레 선반에 다시 놓았다.

"그냥 펼쳐놓으면 나중에 점원이 개어놓을 테지만요."

"양장점의 딸로서는, 방치하는 건 기분 나쁜가요."

"예, 천성이겠죠."

그러면서 옷을 개는 코토부키의 손놀림은, 카이에게는 프로처럼 보였다.

빈틈없이 깔끔하게 개어서 선반에 돌려놓은 세 벌은 마치 처음부터 손을 대지 않고 놓여 있던 것처럼 보였다.

조금, 멋있었다.

"다만 딱히, 저는 뒤를 이을 것도 아니지만요."

"아뇨, 이해할 수 있어요. 이러는 저도 서점에서 만화나 라이트노벨 진열이 흐트러진 걸 보면, 참지 못하고 정리하겠죠."

"점원도 아닌데?"

"예, 오타쿠니까요."

"그것 역시도 천성이네요."

코토부키가 쿡쿡 웃었다.

그러는가 싶더니 갑자기 무언가 번뜩 떠오른 표정을 짓고,

"선배랑 패션 이야기를 하는 건 어렵다는 걸 알았으니까, 질문의 방향을 바꾸죠."

"……부디 부드럽게 해주시길."

"제가 코스프레한 『던만추』의 헤스티아와 아이즈, 어느 쪽을 보고 싶나요?"

"당연히 신님!"

"그럼 『고블린 슬레이어』의 여신관과 검의 처녀라면?"

"당연히 처녀!"

"그럼 『용왕이 하는 일』의 공세의 대천사랑 유린의 마치라면?"

"당연히 쿠구이 씨!"

"조금 전까지와는 전혀 다른 즉답, 감사합니다."

"천만에요!"

코토부키가 '이것 참 이러니까 오타쿠는' 그러듯이 어깨를 으쓱였지만, 카이는 신경 쓰지 않고 멋들어진 미소를 지으며 엄지를 세웠다.

왜냐면 코토부키도 애니메이션 오타쿠니까.

오타쿠가 아니라면 지금 그 다수의 질문은, 술술 나오지는 않았으니까.

비오타쿠를 상대할 때의 배려는 필요 없으니까.

"그렇군요, 나카무라 선배의 복장에 대한 선호 방향성이 보였어요."

"호호오! 전혀 자각은 없지만, 역시 코토부키 씨입니다. 부디 가르침을 부탁드려도?"

"보고 싶다고 하신 세 사람 전원, 거유 캐릭터네요."

"…………."

"저한테 그런 코스프레를 시키고 싶다는 바람이, 선배에게는 있으시다고?"

"……무슨 문제라도?"

"기대에 부응하지 못하여 죄송하지만, 제 그것은 조촐해서요."

그렇게 코토부키가 토라졌다.

제 이미지랑 동떨어지지 않습니까? 눈빛이 카이를 그렇게 책망했다.

"코, 코토부키 씨한테 어울리는지가 아니라, 순수하게 옷 디자인 취향을 이야기하라고……."

"그 화제는 이미 끝났는데요?"

"이벤트에 나가거나 사진집을 파는 것도 아니니까, 안 어울려도 괜찮다고 생각해요. 코토부키 씨가 파란 끈을 매어도 괜찮다고 생각해요. 그보다도, 자기 취향인 캐릭터의 코스프레를 상대가 해주는데 흥분하지 않는 오타쿠 따위는 없다고요!"

카이는 엄청 빠른 말투로 떠들어 댔다.

딱히 실제로 코스프레를 해주는 것도 아닌데.

어디까지나 카이 취향의 방향성을 찾는, 가정의 이야기인데.

하지만 코토부키는 웃음을 터뜨리더니,

"그건, 뭐, 알겠어요. 저도 오타쿠니까요."

입에 손을 대고서 쿡쿡, 정말로 즐거운 듯 웃었다.

그에 이끌려서 카이까지 미소를 지었다.

그리고 코토부키는 짓궂은 표정을 짓고,

"참고로 하나 더, 선배에게 확인하고 싶은 게."

"뭐, 뭘까요?"

"검의 처녀는 눈을 가린 캐릭터인데, 선배는 제 눈을 가리고 싶다는 바람이?"

"······자기 취향인 캐릭터의 코스프레를 상대가 해주는데 흥분하지 않는 오타쿠 따위는 없다고요."

"선배는 변태네요."

"······오타쿠의 천성이라고 말씀해 주시죠."

"조금, 주의할 필요가 있겠어요."

코토부키는 아직껏 쿡쿡 웃으며 카이에게서 스스슥 거리를 벌리는 시늉을 했다.

"후후, 이 녀석."

"우후후후."

만약에 여기가 해변이었다면 '날 잡아봐요' 느낌의 술래잡기가 시작되었을지도 모른다.

하지만 주위에 폐가 되는 가게 안이니까 자중.

코토부키가 또 짓궂은 표정으로 돌아와서는 말했다.

"당초의 취지에서는 무척 벗어나 버렸지만── 선배가 바란다면, 코스프레를 해주는 것도 저는 괜찮은데요?"

"뭐라고요. 지금, 여기서 말인가요?"

"예. 여기서 팔고 있는, 맞는 옷으로. 그러니까 어디까지나 흉내라고요?"

"예, 예를 들면……?"

"그러네요. 검의 처녀는 역시나 무리겠지만, 접수원 아가씨는 어떨까요? 조금 전에 적당한 웨이스트 코트가 있었어요. 그리고 셔츠랑 리본, 게다가 머메이드 스커트를 맞추고, 머리도 땋으면 그럴듯하지 않을까요."

"부디 부탁드립니다 엎드려 빌어도 되니까요."

"다음 데이트에 입기에는 무척 허들이 높은 복장이지만요?"

"함께 수치를 무릅쓰지요."

"선배의 각오는 알겠어요. 오타쿠의 귀감이로군요."

"아, 아키바 데이트라면 될지도! 됩니다!"

"그렇게까지 필사적일 필요야……."

그런 대화를 나누며 거리를 열 가게 정도 거슬러 올라갔다.

코토부키가 예의 웨이스트 코트를 손에 들었다.

확실히 접수원 아가씨가 하얀 셔츠 위에 입는 것과 비슷했다.

하지만 이것은…….

"웨이스트 코트라고 말씀하셔서 대체 어떤 옷일까 싶었더니,

요컨대 조끼로군요?"

"저를 웃기려는 농담이 아니라면, 그 이상은 말씀하지 않으시는 게 현명하지 않을까요."

"……패션에 어두워서 죄송합니다."

하지만 딱히 오타쿠가 아니더라도 남자란 다들 이런 꼴이라고 생각해!

……이런 꼴이겠지? 그렇지?

"자, 이걸로 할까요."

코토부키가 척척 아이템을 고르고 피팅룸으로 향했다.

"……저기, 수치를 무릅쓰고서 여쭙겠습니다만."

"뭘까요? 저랑 선배 사이예요. 부디 사양 말고."

"코토부키 씨가 갈아입으시는 동안, 저는 어디에 있으면 될까요?"

여성복 매장에 남자 혼자 있는 것은 아무래도 불편하다.

"괜찮아요. 이런 가게의 점원은 숙련도가 높으니까, 저희가 둘이서 왔다는 사실도 넌지시 체크하고 있을 테죠. 하물며 선배를 수상쩍게 여길 리가 없어요."

"제 기우……인가요?"

"기우예요. 하지만, 그래도 불안하시다면, 피팅룸 앞에서 기다리시는 건? 누굴 기다릴 뿐, 수상한 사람이 아니란 건 누가 보더라도 명백하겠죠?"

"그렇다면 좋겠네요…… 다만, 갈아입는 소리가 들리진 않을까요?"

"어, 얼마나 귀를 기울일 생각인가요, 선배는."

동요한 코토부키가, 들고 있던 옷을 허둥지둥 끌어안았다.

"보통은 들리지 않나요?"

"보통은 안 들려요."

"그렇다면 안심이에요."

"……선배는 정말로, 누군가와 옷을 사러 온 적이 없는 거군요. 통감했어요."

"예. 코토부키 씨가 첫 상대예요. 자랑으로 생각하셔도 되는데?"

"어째서 선배가 득의양양하는 건가요…….."

카이의 농담에 코토부키가 어이없어했다.

"참고로 코토부키 씨는 평소에, 누구와 옷을 사러 가시나요?"

"………………………………어머니랑."

"친구가 아니라?"

"지금, 속으로 비웃었죠? 저를, 친구가 없는 녀석이라고?"

"설마요. 그렇게까지 생각하진 않았는데요."

"있으니까요. 숫자는 적지만, 제대로 친구 있으니까요."

"예, 알겠어요. 딱히 바보 취급 같은 건 안 하니까, 울컥하진 마시죠. 다만, 저한테 거만하게 구시는 코토부키 씨가, 고등학생이 되어서도 옷을 같이 사러 가는 상대가 어머님이라는 사실이, 그저 조금 흐뭇하다고 생각했을 뿐이에요."

"그걸 바보 취급이라고 하는 거예요. 선배는 친척한테 물려받은 거면서."

코토부키가 피팅룸으로 들어가서 커튼을 촥 닫기 직전까지,

서로 말다툼을 벌였다.

　물론 진심으로 싸우는 것은 아니었다.

　이런 얼뜨기 소악마 후배와 독설을 주고받는 것은, 그저 일상다반사. 장난 같은 것이었다.

　코토부키가 커튼 틈새로 얼굴만 내밀고,

　"접수원 아가씨로 변한 절 보고, 선배가 『조금 전에는 건방진 소리를 해서 죄송했습니다』라고 넙죽 엎드리는 게, 벌써부터 기대되네요."

　"이 녀석―."

　득의양양한 그 건방진 얼굴에, 카이는 웃음을 터뜨리며 아프지 않은 딱밤을 날렸다.

　코토부키도 천진난만하게 웃으며 커튼 너머로 얼굴을 집어넣었다.

　그리고 피팅룸 앞에서 기다리기를 잠시――.

　카이는 예상 밖의 트러블과 맞닥뜨렸다.

　확실히 코토부키의 말이 옳았다.

　요염하게 옷 스치는 소리 따위는 들리지 않았다.

　하지만 설령 커튼 하나가 사이에 있더라도, 코토부키가 옷을 갈아입는 기척을 넌지시 느끼고 마는 것이었다.

　'코토부키 씨는 거짓말쟁이……. 아니, 거짓말은 아니지만…….'

　참으로 거북한 기분이 들었다.

　기척이 있으니 아무래도 상상하고 말았다.

코토부키가 한 꺼풀 한 꺼풀, 옷을 벗는 모습을 머릿속으로 극명하게, 절실하게 떠올리고 말았다.

'사춘기 남자의 망상력을 얕보지 말라고!'

가슴속으로, 들을 상대도 없이 외쳤다.

자연스럽게 뺨이 붉어지는 어색함을 그것으로 얼버무렸다.

'이건 위험한데……. 다 갈아입은 코토부키 씨랑 마주할 낯이 없어.'

머리를 식힐 필요가 있었다.

그렇게 살며시 피팅룸 곁을 벗어났다.

하지만 그러자 이번에는 여성복 매장을 어슬렁거리며 시간을 때워야만 했다. 살 생각도 흥미도 없는 옷, 옷, 옷뿐인 불모지대를 남자 혼자서 말이다. 아아, 신이시여!

따분한 것도 물론이거니와, 주위의 시선이 참을 수 없이 신경 쓰였다.

'그런 거 기우라고, 코토부키 씨가 그랬지만 말이지……'

확실히 점원은 카이를 수상쩍게 여기지 않을지도 모른다.

하지만 다른 여성 손님은 그럴 것이라 단언할 수 있을까?

"싫어라, 왜 여자의 화원에 해충이 섞여 있지?" "기분 나빠―."
"경찰 아저씨."

──같이 여기지는 않을까?

아무리 그래도 그럴 리야 없을까. 지나친 자의식 과잉일까.

'아니, 그런 걸 걱정하는 시점에서 이미 불편하다고……'

차라리 바깥의 벤치 같은 곳으로 피난을 가서 기다리는 것은 어떨까?

코토부키한테는 LINE으로 한마디 남기고.

'……아니, 날 위해서 굳이 옷을 갈아입고 있는데, 아무리 그래도 그건 아니지.'

그냥 친구랑 놀러 온 것도 아니고, 이것은 일단 데이트니까.

어쩔 수 없이 카이는 여성복 매장을 정처 없이 헤맸다.

다른 여성 손님의 시야에 가능한 한 들어가지 않도록 도망치며.

그러면서도 코토부키가 있는 피팅룸에서 너무 떨어지지 않도록 주의하며.

'혹시 코토부키 씨랑 애인이 된다면, 이런 일도 늘어나겠구나.'

그리고 피하기는 어려울 것이다.

시험 삼아서 뇌 내 시뮬레이션을 해봤다.

"나카무라 선배. 또 옷을 사러 가고 싶은데, 동행을 부탁할 수 있을까요?"

"나 솔직히 흥미 없으니까 코토부키 씨 혼자 가줄래?"

"어……. 알겠어요, 선배가 그렇게 말씀하신다면…… 쓸쓸하지만………… 예."

이 나카무라 선배, 진짜 쓰레기구나.

'──어, 아니아니아니 잠깐잠깐잠깐. 내 나쁜 버릇이야.'

이래서는 그저 마이너스 사고에 빠질 뿐임을 깨달은 카이는, 황급히 시뮬레이션을 멈췄다.

요전에 막 생긴 친구가 가르쳐 주지 않았나. 로마에 가면 로마의 법을 따르라고.

이것도 데이트니까 전력으로 즐기도록 전향적으로 생각해야 한다.

'그렇지. 그것이야말로 테스트의 의의도 있는 법이야.'

각오를 다진 카이.

여아복 코너에 전시되어 있던 분홍색 블레이저를 **진지하게 응시**하며,

'이 세일러복 같은 디자인,『용왕이 하는 일』10권에서 아이가 입고 있는 거랑 비슷하지 않나?'라고, 패션에 흥미를 가지려 노력했다.

하지만 그야말로 한창 그러고 있을 때였다──.

"역시 카이잖아! 이런 여아복 코너에서 뭐하고 있어?"

갑자기 옆에서 누군가 말을 건 것은.

게다가 그 목소리는 거의 매일 듣고 있을 정도로 친숙한 것이었다.

"어, 준?!"

카이는 놀라서 그쪽을 봤다.

그리고 마찬가지로 놀란 얼굴의 친구와 마주쳤다.

미야카와 준.

'우리 학년에서 가장 귀엽다'라는 평판의 미소녀로, 게다가 화려한 쪽으로도 이견이 없었다.

상의는 용모에 자신이 없다면 절대로 입을 수 없을 법한, 대담한 오프 숄더.

가슴께가 위를 향한 프릴로 되어 있는 디자인이, 준의 화려한 바스트를 어디까지나 큐트하게 장식하고 있었다. 어울렸다.

아래는 미니스커트에 하이삭스의 조합으로, 2차원 캐릭터의 이른바 '절대 영역'을 좋아하는 준이 직접 실현한 코디네이트였다.

패션에 전혀 흥미가 없는 카이가 보더라도 한눈에 '좋네'라고 신음하게 만드는 복장이었다.

──그렇게 화려한 것을 무척 좋아하는 미야카와 씨니까, 현에서는 유일하다고도 할 수 있는 이곳 퀸 스트리트는 홈이나 마찬가지일 것이다.

그러나 반면에 카이에게는 완전히 어웨이.

그래서 준도 이런 곳에서 딱 마주칠 줄은 몰랐을 것이다.

아직 놀란 감정이 가라앉지 않았을 것이다.

"……나, 몰랐어. ……카이가 아동복에 흥미가 있었다니."

"없어! 사람을 갈 데까지 간 변태같이 말하지 말라고."

떨리는 목소리로 입가를 틀어막은 준에게 카이는 전력으로 딴죽을 걸었다.

"하지만 그럼, 어째서 그런 핏발 선 눈으로 보고 있었어?"

"이 옷이, 아이가 입은 거랑 비슷하구나 싶어서 봤을 뿐이야."

"······아이라면 『용왕이 하는 일!』 안에만 존재하는데? ······현실에는 없다고?"

"나도 알아! 제대로 구별한다고!"

"뭐—야. 정말이지, 놀래게 하지 마. 심장에 안 좋아."

"네가 나한테 드리운 의혹이 심장에 더 안 좋았어."

안도해서 가슴을 쓸어내리는 준을 카이는 빤히 노려봤다.

하지만 준은 태도를 싹 바꾸어서,

"하지만 그럼, 정말로 왜 이런 곳에 있어?"

"알바 후배랑 놀러 왔어."

"여자?"

"응. 나이도 한 살 아래."

"우와, 연하 여자애랑 데이트야 데이트, 음흉해라—. 변태—."

"놀리는 게 무슨 초등학생이냐."

준의 그 말이 농담이라는 것을 이해하고서 카이는 딴죽을 걸었다.

하지만 준은 갑자기 예쁜 입술을 삐죽이는가 싶더니,

"그보다도—, 나—, 그 후배한테 질투가 나는데요—."

"어어어어······."

갑작스러운 발언에 카이는 당혹스러웠다.

준과는 오래 알고 지냈다. 이번에는 반대로 농담인 척하는 진심 발언임을 알 수 있었으니까.

준은 이성이지만 어디까지나 친구다.

확실히 사이는 가장 좋다.

일주일에 닷새는 집으로 놀러 오고, 밤까지 있고, 뭣하면 저녁까지 먹고서 돌아간다.

취미도 딱 맞고 호흡도 딱 맞는, 둘도 없는 친구.

덕분에 주위에서는 연인이라고 착각하는 경우가 많고, 그것 때문에 트러블에 말려든 적도 있었다. 특히 준의 오빠인 프린스 선생님은 좀처럼 이해해 주지 않았다.

그럼에도 카이는, 준은 친구라고 주장했다.

결코 여친이 아니고, 그것으로 충분하다.

오히려 연인이 되는 것보다도 친구 관계가 훨씬 좋다.

그렇게 단언한 적조차 있었다.

하지만──.

'준이 코토부키 씨를 질투……한다니 어째서?! 어째서?! 사사사사실은 이 녀석, 나나나날 좋아하나?! 데이트하고 싶었나?! 그런데 내가 친구 사이가 좋다고 주장했으니까, 그런 마음을 털어놓을 수가 없었던 건가?!'

정말로 놀라고 곤혹스러워서, 카이는 머릿속이 꽉 차버렸다.

당연히 준의 말에 반응하지 못했다. 굳어버렸다.

그러니까 그 다음의 말을 기다렸다. 조마조마하며 기다렸다.

마침내, 준은 계속 말했다.

"내가 옷, 사러 가자고 한 건 거절했으면서─. 그 후배라면 OK라니─."

"──질투란 건 그 부분이냐!"

맥이 탁 풀렸잖냐.

"어? 네가 뭘 화내는 거야? 나랑은 샌들 사러 한 번 가고서는 『이제 질렸습니다』 같은 표정을 지어놓고서 말이지─. 다음에는 내가 카이 신발을 골라주겠다고 그랬더니, 『필요 없어』라는 한 마디로 단호하게 거절해놓고서 말이지─."

"예예, 다 내가 잘못했어."

전면항복하며 몰래 안도하는 카이.

자신의 지레짐작이라 다행이었다. 착각이라 다행이었다.

혹시 준이 사귀고 싶다며 다가와 버린다면, 더 이상 지금 이대로의 관계로 지낼 수는 없다.

"딱히 쇼핑이라면, 우리도 자주 같이 가잖아?"

"그래봤자 만화라든지 게임이라든지 오타쿠 굿즈 뿐이잖아? 뭐─, 그것도 즐겁지만─."

"즐거우니까 충분하잖아."

친구 사이이기에 성립되는, 이 최고의 관계를 잃고 싶지 않았다.

기우로 그쳐서 진심으로 안도했다.

하지만 바로 그때였다──.

"……나카무라 선배? 거기 계신 분은…… 누구신가요?"

갑자기 뒤에서 누군가 말을 건 것은.

어쩐지 애매모호한 그 말투는, 갑자기 나타난 준을 의심스럽게 여기는 것과는 조금 달랐다.

낯을 가리는 인간 특유의, 첫 대면인 상대를 앞에 둔 긴장의 발로였다.

"코토부키 씨?!"

이 타이밍에 옷을 다 갈아입었느냐고, 카이는 황급히 돌아봤다.

그리고 접수원 아가씨로 변한 코토부키와 마주쳤다.

"오…… 오오."

무심코 마른침을 삼키며 주먹을 꽉 쥐는 카이.

정신없이 빠져들었다.

물론 어설픈 코스프레였다.

어차피 비슷한 옷을 모았을 뿐인 가짜.

디테일을 자세히 확인한다면 진짜와는 다른 부분으로 가득할 것이다.

긴 머리카락을 두껍게 한 줄기로 땋아서 오른쪽 어깨 앞으로 늘어뜨린 헤어스타일도, 잘도 이렇게나 금방 땋았구나! 비슷해! 하고 박수갈채를 보내고 싶어지는 완성도이지만, 그러나 애당초 머리 색깔이 달랐다.

물론 눈동자 색깔도, 접수원 아가씨는 검정색이 아니다.

혹시 진짜 코스플레이어가 봤다면 "이 자식─, 코스프레를 얕보는 거야?"라고 한껏 빡칠지도 모른다.

완성도로 따지자면 낮을지도 모른다.

그럼에도 카이는 감동했다.

흥분했다.

자신이 잘 아는 여자아이가 자신이 좋아하는 캐릭터의 코스프레를 해주었다는 사실이, 이렇게까지 충격적일 줄은 몰랐다.

'분명히 기쁘겠지'라고 상상하던, 그 미적지근한 공상을 리얼이 박살냈다.

설령 가짜 코스프레일지라도, 끓어오르는 이 마음에 거짓은 없다!

'쩔어! 쩐다고, 코토부키 씨!'

카이는 감격 그대로 달려가려고 했다.

하지만 그럴 수 없었다.

정확하게는 선수를 빼앗겼다.

"꺄아아아아아아아아아아아아아아아아아아아아아아아아아아아♥"

준의 새된 환호성이 실내에 메아리쳤다.

그러는가 싶더니 코토부키에게 똑바로 돌격, 우격다짐으로 끌어안았다.

"이거 뭐야?! 이거 누구야?! 귀여워귀여워귀여워귀여워기여워기여워기여워기여워기여워기여워——."

자그마한 코토부키의 정수리에, 위쪽에서 무한히 뺨을 비비는 준.

역시나 리얼충의 학년 수장, 순식간에 반 여자 전원과 친해지는 여자.

첫 대면인 상대일지라도 스킨십에 거침이 없었다.

반면에 코토부키는 확고한 낯가림에 두부 멘탈이다.

Illustrations © mmu

공공연하고 대담한 이 허그에 사고가 따라가지 못했다.

완전히 굳었다.

카이도 두 사람에게 가서,

"이거 누구야, 가 아냐. 호테이 코토부키 씨야."

"카이도 참, 이런 귀여운 아이를 감추고 있었어?! 굉장해굉장해굉장해!!"

"안 감췄어. 아까 말했던 알바 후배야. 알았다면 그만 좀 떨어져. 코토부키 씨 눈이 죽었으니까."

준에게 끌어안긴 채, 커다란 가슴 계곡에 얼굴이 반쯤 파묻힌 코토부키의 공허한 눈이 너무나도 가여워서 도우러 나섰다.

하지만 준은 더더욱 코토부키를 끌어안고,

"싫어싫어싫어싫어! 그게, 마레이타소(일본 성우 우치다 마아야의 별명. 고블린 슬레이어의 애니메이션에서 접수원 아가씨 역할을 맡았다.)라고?! 마레이타소가 실존한다고?! 집에 가져갈래."

"그야 마레이타소는 실존하겠지, 만난 적은 없지만. 그보다도 캐릭터 안의 사람 이름으로 부르지 마. 제대로 접수원 아가씨라고 불러."

"미안해, 정말이네! 나, 원작 리스펙트가 부족했어. 쿠모 선생님한테 엎드려서 사죄해야겠어."

"쿠모 선생님도 만난 적 없지만."

완전히 흥분한 준의 지리멸렬 토크에 카이도 쓴웃음 지으며 장단을 맞추었다.

그리고 그동안에도 코토부키가 조금 회복된 모양이라,

"저, 저기—. 떨어져 주시겠어요—?"

하지만 아직 모깃소리 같은 목소리로 애처롭게 애원했다.

준도 "어쩔 수 없다냐" "접수원 아가씨의 부탁이다냐"라고 그러듯, 코토부키를 끌어안은 팔의 힘을 풀었다.

하지만 절대로 떨어지려고 하지는 않았다.

코토부키도 포기했는지 자포자기한 얼굴로 탄식하고,

"그래서? 결국, 이 사양이라든지 예의라는 개념을 갖고 계시지 않은 분은, 누구실까요?"

"나, 미야카와 준! 준이라고 불러줘! 그리고 반말이면 돼!"

"알겠어요, 미야카와 선배."

"아아~앙♥ 이 아이, 착실하게 벽을 치고 있어~~. 너무 귀여워 죽겠어~~♥♥♥"

어디가 준의 포인트를 찔렀는지 모르겠다.

"대답해 주시겠어요, 나카무라 선배?"

"예. 코토부키 씨한테도 자주 이야기하고, 상담도 받았잖아요? 이 『뺨 비비는 요괴』야말로, 예의 제 친구예요."

"예?! 어??????"

어지간히도 놀랐는지 공허했던 코토부키의 눈동자에 활력이 돌아왔다.

"코토부키 씨는 뭘 그렇게 놀라는 걸까요?"

"정말로 이 분이, 일주일에 닷새는 놀러 온다는 예의 그 사람인가요? 전차를 타면 항상 실수로 선배의 뒤를 쏴 맞추고, 몬헌을 하면 한 퀘스트 평균 열 번은 분진을 쓰게 만든다는 예의 그 사람인가요?!"

"무척 과장되게 기억하시는 모양인데, 예의 그 사람이에요."

"······흐─응. ······카이는 날 그런 식으로 이야기했구나?"

"코토부키 씨의 기억에 과장이 있는 거야."

비난이 담긴 눈빛으로 변한 준에게 카이는 반론했다.

아니, 지금 그것은 어쩔 수 없었다.

준이 눈을 추어올리는 것도 이해할 수 있었다.

하지만······ 코토부키까지 책망하는 눈빛으로 자신을 보는 것은 어째서일까?

어쩌면 피해자라고 할까 큰 충격을 받은 모양이라,

"여사친이라고는 들었지만, 설마 이렇게 예쁜 사람일 줄은 몰랐어요······."

"은근히 실례되는 발언이지만, 그건 패스하죠. 그럼 어떤 식으로 생각했을까요?"

"틀림없이 나카무라 선배를 그대로 성반전한 것 같은 분이 아닐까······."

"무시무시한 상상을 하진 마시죠."

카이는 아연실색했지만, 준은 "어쩐지 알겠네─"라며 깔깔 웃었다.

너 말하는 거라고?

"그보다 있지─, **모처럼 친해졌으니까─**, 이 멤버로 여기저기 돌아보지 않을래?"

준이 또 천진난만하게 웃으며 좋은 생각이라는 듯 제안했다.

"……언제 친해졌나요."

그녀의 가슴 계곡에 얼굴을 파묻은 채, 코토부키의 눈이 또다시 죽었다.

카이는 잔뜩 허둥대며,

"아니, 잠깐만. 그건 안 돼, 준!"

"어―, 왜―? 나도 접수원 아가씨랑 놀고 싶어. 카이만 노는 거 치사해."

"아니아니, 그런 문제가 아니라."

다음 스케줄은 둘이서 이탈리안 레스토랑을 예약해서 그렇다든지, 그런 문제만도 아니고.

'지금 깨달았는데, 데이트 중에 다른 여자랑 친하게 행동한다든지, 그건 안 되잖아?! 아무리 준이 그냥 친구라고 해도, 코토부키 씨한테는 재미없겠지?!'

카이로서는 준이 함께 있는 일상이 너무도 당연해서 그만 평범하게 대하고 말았다.

큰 반성이 필요한 일이었다.

'나중에 코토부키 씨한테도 사과하겠지만, 부디 너그러이 봐주시기를!!!'

여하튼 카이는 실제 나이와 여친 없는 햇수가 등호로 이어져 있는 남자다.

데이트라니, 카이에게는 그야말로 비일상의 세계.

익숙하지 않고 스마트하지도 못해서, 정말로 죄송합니다!

하지만, 어쨌든.

지금은 이 '뺨 비비는 요괴'를 코토부키에게서 떼어놓는 것이 우선 과제였다.

"저기, 준. 진지한 이야기인데."

우리 지금 데이트 중이라고, 카이는 말하려고 했다.

하지만 바로 그 직전이었다──.

"적당히 분위기 좀 파악해, 준."

갑자기 뒤에서 누군가 말을 건 것은.

이 또한 기억에 있는 음성이었다.

우아하고 품위 있고, 그러면서도 얼음장 같은 냉담함.

'뭐, 그래! 그야 그렇지! 인기인이자 리얼충이신 준 씨가 혼자서 쇼핑을 올 리가 없다고, 그야 저도 어렴풋이 생각하고는 있었습니다만……!'

카이는 '오싹……' 하고 등골이 서늘해져서 돌아봤다.

아직 고등학생인데도 야쿠자의 정부도 능가할 관록으로 팔짱을 끼고 있는, 냉혈녀와 마주쳤다.

후지사와 레이나.

학년 카스트의 정점에 군림하는, 아름다운 여왕님이었다.

실제로 그녀의 미모는 상당해서, 프로 모델을 목표로 예능 사무소에 소속되어 있을 정도.

준과는 고등학교 입학 이전부터 친구 사이라고 한다.

그리고 카이도 전날, 우의를 맺게 되었다.

'친구의 친구'라는 미묘한 카테고리로.

그 얼음의 여왕이, 타고난 **완벽하게 꾸며낸 미소**로 다가왔다.

불만스럽게 뾰로통한 준을 다짜고짜 데려갔다.

"미안해. 방해꾼은 사라질 테니까, 부디 용서해줘."

천연이라고 하기에는 너무나도 깔끔하고 정교한, 그야말로 꾸며낸 미소 그대로 코토부키에게도 말을 건넸다.

레이나의 본성을 모르는 코토부키의 입장에서는 무심코 빠져들 정도로 어른 여성일 것이다.

"아, 아뇨. 아니요. 전혀 신경 안 써요."

경의 가득, 준을 바라보는 눈빛과는 너무나도 달랐다.

카이 역시도 감사했다.

"미안해. 덕분에 살았어."

하지만 너무나도 위축되어 모기처럼 가냘픈 목소리를 내는 것이 고작.

그리고 레이나는 마지막까지 꾸며낸 미소 그대로 사라졌다.

"내일. 학교에서."

짧게, 할 이야기가 있다는 말을 남기고.

카이는 또다시 '오싹……' 하고 등줄기가 서늘해졌다.

다음 월요일. 등교 시간.

카이는 LINE으로 준과 미리 맞추어, 같은 전철의 같은 차량에 탔다.

통근 러시로 콩나물시루 상태의 차 안.

아사기 고등학교에서 가장 가까운 사카타역까지 네 정거장, 12분 동안의, 매일 치러지는 인내심 대결.

카이는 평소처럼 출입구 근처의 창가에 준을 세웠다.

자신은 문에 팔을 짚어서 벽이 되어, 압박감에서 여사친을 지킨다.

참고로 오늘의 준 씨, 약속에는 응해주었지만 만난 그 순간에 뾰로통 모드였다.

어제, 코토부키와의 놀이에 끼워주지 않았다며 아직도 원한을 가지고 있는 듯했다.

"어젯밤에는 즐거웠나요?"

그런 야유의 말까지 건넸다.

"무슨 소리야. 저녁 먹고, 여덟 시 넘어서는 해산하는 건전한 하루였어."

그야말로 우리 집에서 밥 먹고 돌아가면 아홉 시가 넘을 때도 많은 준보다 훨씬 건전.

"카이는 겁쟁이구나."

"신사라고 말해줄래?!"

"진지한 이야기로, 어때?"

"진지한 이야기로, 이성으로서 좋아한다든지 싫어한다든지 잘 모르겠어."

"뭐, 그렇겠지. 우선은 데이트를 해보지 않고서는 알 수 없는 것도 있겠지."

코토부키 씨랑 같은 말을 하는구나, 이 녀석……

"저는 데이트는, 서로 좋아하는 상대가 하는 거라고 생각했지요. 이런 가벼운 일이라고는 생각하지 않았다고요."

"아핫, 그건 무슨 만화에서나 할 얘기네."

코토부키 씨랑 같은 말을 하는구나, 이 녀석?!

"예예, 오타쿠가 죄송합니다. 이 나이까지 경험 없어서 죄송합니다."

"뭐, 나도 데이트한 적은 없지만."

"없냐! 없으면서도 상식인 것처럼 말했냐!"

"뭔가 말이지—, 흑심을 훤히 드러내고서 데이트하자고 그래 봐야 질리더라고—."

그런가, 이 녀석 정도로 인기가 있으면 남자 쪽도 필사적이 되는 것인가.

"무엇보다도 친구랑 노는 게 더 재미있잖아?"

"완전 공감해."

카이는 크게 끄덕였다.

역시 친구는 좋다.

지금도 이렇게 속을 터놓고 마음 편히 대화를 나눌 수 있는 관계가 편하다.

"뭐, 그런 거예요. 코토부키 씨랑 놀러 가는 건 즐거웠지만, 이성적인 건 전혀 안 했지요."

"그렇게나 귀여운 아이인데 말이지―. 아깝네―. 나도, 그 아이라면 데이트해도 괜찮을까."

"예예, 의미 없다, 의미 없어."

준이 거리낌 없이 놀리자 카이는 뾰로통한 얼굴로 자학.

"그보다도 준. 나야말로 너한테 물어봐도 될까?"

"뭘?"

"네가 2차원의 여자 캐릭터한테 『결혼하고 싶다』라든지 『뽀뽀하고 싶다』 같은 소리를 하는 건 늘상 있는 일인데, 코토부키 씨도 그래? 3차원도 가능해?"

"나도 그야 2차원이랑 3차원은 제대로 구별하거든? 실물한테 『아내가 되어 달라』 같은 건, 농담으로나 하는 소리라고?"

"그런 건가."

카이는 맞장구를 치면서도 아직 전부 납득한 것은 아니었다.

구체적으로는, 준이 코토부키에게 집착하는 심정을 잘 알 수가 없었다.

카이도 '여동생만 있으면 돼'의 카이즈 마키나는 '쩔어, 멋져―'라 생각하고, '던만추'의 벨 군이 릴리를 구하고자 파이어볼트를 연발하는 장면에서는 '진짜 반하겠어!' 정도는 생각했다.

하지만 남자 캐릭터를 상대로 '뽀뽀해 주고 싶다'는, 아니다. 절대로 아니다.

하물며 현실에서 귀여운 남자 후배가 실존하더라도 뺨을 비비고 싶어지지는 않는다.

"내가 이상하다는 거야?"

"아니, 그걸 모르겠으니까 묻는 거야."

또다시 입술을 삐죽 내미는 준을 카이는 달랬다.

"뭐, 일반적이지 않다고는 생각한다고? 그야말로 다른 애들은 곧바로 『이상해!』라면서 놀릴 테니까. 다만 나는 그렇게까지 이상한 일이라고 생각하지 않아."

"호호오."

"결국에 여자는 몇 살이 되어도 귀여운 게 좋은 거야! 지역 마스코트도 좋아하고, 인형도 좋아하고, 캐릭터든 현실이든 여자아이도 귀엽다면 바로 정의야!"

"그렇구나, 조금은 이해가 되네."

"다만, 그중에는 『고등학생이나 되어서 인형은 아니지─. 어린애 같아─』같은 말을 하는 사람도 있어서, 바보 취급을 당하고 싶진 않으니까 사실은 좋아하는데도 감추고 있는 사람도 있을 거야."

"아─, 있겠네! 있지있지! 남자도 지역 마스코트도 인형도 좋아하는데, 허세 부린다고 감추는 녀석 있어!"

"그렇지─? 하지만 나는 감추지 않고, 뭣하면 전력으로 오픈하거든. 사랑이야!"

"그렇구나. 준한테는 코토부키 씨나 인형이나 같은 카테고리인가."

"그렇게 말하면 뭔가 실례되는 느낌이지만, 하지만 뭐 심정으로는 솔직히 가까울까."

본인한테는 비밀이야, 라고 귀엽게 혀를 내밀며 손을 맞대는 준.

"그리고 귀여운지 아닌지 따지자면, 그런 귀여운 아이, 나는 본 적 없어! 그야 한눈에 반해서 뺨을 비비고 싶어질 수밖에!"

"그리 말해도 말이지—."

"사랑이야!"

"하지만 본 적 없다고 그러는데, 준 주변에는 귀여운 아이들뿐이잖아?"

"걔들은 엄밀하게 따지자면 『예쁜』 별에 사는 사람들이잖아? 『귀여운』 별 사람이 아니잖아? 내 마음의 칸로지 씨가 그래서는 큥이라고 안 해!"

준은 『심금을 울리지 않는다』라고 해야 하는 부분을 만화 캐릭터로 비유했다. 오타쿠였다.

"칸로지 씨가 시무룩해지면 어쩔 수 없지."

카이는 더없이 이해할 수 있었다. 오타쿠였다.

"하지만 뭐, 듣고 보니 다른 애들은 그런가."

"가끔은 내가 제일 동안이라고 놀리니까 말이지!"

"하하하, 그 애들과 비교하면 그럴지도……. 아, 하지만 미하라는 어때? 그 녀석은 틀림없이 『귀여운』 별 사람이잖아?"

카이는 같은 반인 미하라 모모코의 이름을 언급했다.

준보다 더욱 동안이라고 할까 로리 페이스라, 귀여운 것만 따지자면 반 굴지의 수준.

다만 성격이 '성가시다' '완전 짜증' '여자만 아니라면 때린다'
의 삼박자인 녀석이었다.
　"어허, 모모코는 아니지—."
　"그런가, 미하라는 아닌가—."
　역시 우리 취향이 딱 맞는구나.
　"마스코트 캐릭터도 이제는 전국 시대라, 외모만이 아니라 성
격도 중요하다고?"
　"알겠네. 나도 『스미코구라시』는 괜찮거든."
　──뭐, 어쨌든.
　"준이 코토부키 씨한테 뺨을 비비고 싶어지는 심정은 잘 알았
고, 나도 이상하다고 생각하진 않아."
　"역시 카이! 상으로 뺨을 비벼줄까, 문질문질~?"
　"그만해, 주변의 시선을 신경 쓰라고!!!"
　"문질문질~?"
　말해도 그만두지 않고, 준은 뺨을 카이의 가슴께에 문질렀다.
　두꺼운 블레이저 위가 아니라 하복 시기였다면 더 좋았을지도.
　그렇게 생각한 것은 비밀.

　학교에 도착하자마자 준이 말했다.
　"나, 교무실에 들렀다가 갈게."
　"어, 호출이라도 있었어? 잔소리?"

"설마! 오빠가 도시락 깜박했으니까 전해 주려고."

"진짜냐······."

카이는 말을 잃었다.

"어라~? 뭔데뭔데~? 혹시 나랑 같이 교실에 가고 싶었어~?"

"예, 그래요! 너, 알면서 그러는 거잖아?"

"같이 등교해서 친구들한테 소문 퍼지면 부끄러우니까, 난 이만 교무실 간다~?"

"이 자식."

카이는 빤히 흘겨봤지만 준은 까아까아 웃으며 가버렸다.

어쩔 수 없이 혼자서 2학년 1반 교실로 향했다.

그렇다──.

굳이 등교 시간을 맞춘 것에는 이유가 있었다.

물론 코토부키 이야기를 물어보고 싶어서 말을 건 것은 아니었다. (그런 이야기는 방과 후에 해도 된다.)

조금 더 다른, 그것도 절박한 이유가 있었던 것이다.

'아직 안 왔다면 좋겠는데. 뭣하면 아예 지각해도 되는데.'

마음속으로 기도하며 머뭇머뭇 교실 앞문으로 들어가는 카이.

그리고 그 순간에 이미 아웃.

지각을 바란 그 상대와 눈이 마주치고 말았다.

카이의 등교를 알아차린 후지사와 레이나가 마치 대환영이라는 듯 꾸며낸 미소를 짓고, "여기로 와"라며 부르고 있었다.

'와 있었냐.'

카이는 그렇게 개탄하며 맥없이 그쪽으로 갔다.

안 갔다가는 나중이 더 무섭다.

준이 같이 있었다면 든든했을 테지만, 사다리는 이미 치워졌다.

체념의 경지였다.

레이나는 수업 시간 이외의 정위치인 교실 앞쪽 창가에서, 반에서도 특히 잘 나는 여자 둘을 측근처럼 거느리고서 우아하게 담소 중이었다.

한 사람은 예의 미하라 모모코.

약삭빠를 정도로 달콤하게 아양을 떠는 보이스로,

"안녕―, 애시 군☆ 오늘도 기운이 넘치네 꺄하☆"

"아니, 어디가?"

오히려 지금 이때도 레이나 씨의 눈은 전혀 웃지를 않아서 잔뜩 쫄았는데?

"그게 말이지, 오늘도 시원찮은 낯짝이잖아☆ 평소의 애시 군이야."

"얼굴은 건강 상태에 따라서 바뀌는 게 아니라고."

"그런가―☆ 그럼, 좋은 병원을 소개해 줄 테니까 성형하고 올래―?"

"너야말로 다시 태어나서 성격을 고치는 게 어때?"

그렇지? 완전 짜증 나잖아?

한편으로 그 대화에 웃음을 애써 참고 있는 것이, 또 하나인 사이토 시라유키 씨였다.

"너희들, 아침부터 보고 있으면 질리질 않네."

정말로 배를 부여잡는 오버 제스처.

어머니가 미국인이라서 그럴까.

같은 반 여자들 중에서는 가장 키가 크고, 와일드 뷰티란 말이 어울리는 적발의 시라유키 씨였다.

"미하라랑 같은 부류로 취급하진 않았으면 좋겠는데······."

"푸후후, 그런 게 재미있다고, 애시 군은."

마치 신기한 동물 취급.

뭐, 모모코는 얼굴로만 따지자면 톱클래스니까, 평범한 남자는 아무리 짜증 나는 소리를 듣더라도 헤실헤실하든지 주눅이 들든지 둘 중 하나일지도 모른다.

독설에 단호히 독설로 답하는 자신의 반응은 보기 드물지도 모른다.

'하지만 안 됐구나! 나 나카무라 카이── 귀여운 아이는 준이나 코토부키 씨를 보면서 익숙하니까, 외모에 속진 않는 것이다.'

자신도 모르게 득의양양한 표정을 지었다.

하지만──.

"안녕, 애시 군."

마지막 차례라는 듯 레이나가 인사하자, 그 여유는 공포로 얼어붙었다.

"아, 안녕, 레이나 씨······."

떨리는 목소리로 어떻게든 인사를 했다.

그 순간, 공기가 얼어붙었다.

모모코와 시라유키마저도 갑자기 차가운 눈빛으로 카이를 노려보는 것이었다.

'안 그래도 레이나 씨한테 쫄았는데, 너희까지 대체 뭐냐고?!'

카이는 정말로 정신을 차릴 수가 없었다.

"나는 애시 군 싫어하진 않지만─. 너무 우쭐대는 남자는 멋없다고?"

거의 키 차이가 없는 시라유키가 허물없이 어깨동무를 했다.

미인이 밀착했다는 기쁨보다도 도망칠 수 없다는 긴장감이 웃돌았다.

"우, 우쭐댈 생각은 없는데?"

새파랗게 질리면서도 카이는 누명을 주장.

그러자 모모코가 죄목을 알려주었다.

"『레이나 씨』가 아니잖아─? 『후지사와 씨』잖아─? 모모코조차 이름으로 부르는 걸 허락받을 때까지 얼마나 걸렸는지 애시 군은 알고 있을까─?"

'아, 그거였나.'

카이도 납득.

그룹의 정상에 군림하는 여왕님에게 무례하다는 느낌으로 화가 났나.

하지만 그거라면 역시나 누명이다.

"하지만─."

카이는 반론하려고 했다.

하지만 한순간 먼저, 레이나가 입을 열었다.

"괜찮아, 애시 군은. 내가 『레이나』라고 불렀으면 한다고 부탁했으니까."

새침한 얼굴로 두 사람을 달랬다.

그렇다.

사실은 이전에, 레이나와 최악의 사이로 뒤틀린 적이 있었다.

"너는 준에게 걸맞지 않아. 두 사람의 교제를 인정할 수 없어"
라고, 얼굴을 마주하고서 매도당했다.

하지만 그 직후에, 레이나 쪽에서 사죄와 화해를 제안했다.
(도중에 마츠다라는 미남 그룹과의 폭력 사태가 있었던 것 정도
로, 카이도 잘 모르는 사이에 그렇게 되었다.)

또한 그때에, 다시금 친구가 되자고 그러면서 이름으로 불러
도 된다고 한 것이었다.

하지만 경위를 모르는 모모코와 시라유키는 '진짜로?!' 묻듯이
눈을 동그랗게 떴다.

과연 그렇게까지 대사건일까?

'──아니, 하지만 그런가.'

레이나의 그룹은 리얼충 모임이지만 남자에 대한 가드가 단단
한 것으로 알려져 있었다.

특히 레이나는 엄청났다. 꾸며낸 미소로 아름다우면서도 차가
운 벽을 만든다.

그러니까 카이에게 이름으로 부르라고 했을 때도 "너만 특별한
거라고?"라며 농담처럼 말했는데, 정말로 특례일지도 모른다.

"겸사겸사 말하면, 『씨』도 필요 없는데?"

"아니, 내 안에서『레이나 씨』쪽이 확 와 닿아서."

여왕님의 영광스러운 말씀에 카이는 정중히 사양의 말을 바쳤다.

그게 말이지, 이 사람, 야쿠자의 정부니까. 초고교급 누님이니까.

"지금 실례되는 생각하는 거 아닐까, 애시 군?"

"아닙니다아닙니다절대로아닙니다! 그보다도 그쪽이야말로 편하게 불러도 된다고요?!"

"그러네. 네가 조금 더 의지할 가치가 있는 남자로 성장한다면, 그렇게 할게. 지금은 아직 애시『군』이라는 느낌인걸."

"애송이 취급이냐! 그거야말로 실례잖아?!"

레이나에게 무심코 거리낌 없이 딴죽을 거는 카이.

그런 대화를 본 시라유키와 모모코가 떨떠름한 표정으로 말했다.

"진짜로 레이나랑 친구가 됐구나, 애시 군. 아까는 거칠게 말해서 미안해. 사죄로 나도『유키』라고 부르면 된다고?"

"모모코도『모모코』로─☆"

"아니, 이해해 준다면 난 괜찮아."

물론 스스럼없는 관계는 환영이니까 호의 쪽은 받아두겠지만.

"그리고 애시보다 카이라고 불러주는 게, 더 기쁜데 말이지?"

"그건 아니지, 애시 군. 이건 친애의 증표라고."

"친애라고─☆"

유키 씨는 몰라도 모모코는 거짓말이겠지?

'하지만 뭐, 다행이네.'

서로를 이해할 수 있었기에 분위기가 부드러워졌다.

레이나도 어쩐지 다정해서 새삼스럽게 겁먹을 필요 따위는 없었을지도 모른다.

실제로 온화한 미소를 짓고서 레이나는 말했다.

"그런데 애시 군. 어제 내가 말한 거, 기억하고 있을까?"

"응응. 학교에서 할 이야기가 있다는 그거잖아?"

결국에 무슨 이야기일까?

'나는 틀림없이, 코토부키 씨랑 데이트를 했다는 걸 따지고 들거라 생각했는데.'

뭐, 이런 분위기라면 그것은 아닐 것이다.

자신의 선입견이었을까.

카이는 헤실헤실, 레이나가 이야기를 꺼내기를 기다렸다.

레이나도 생글생글 웃으며 말했다.

"물론, 네가 준을 두고서 도둑고양이랑 데이트하던 일에 대해서야."

역시 그 이야기였냐.

'심장에 안 좋으니까 페인트는 넣지 마시라고요ㅗㅗㅗㅗㅗ.'

헤실헤실하는 표정 그대로 얼어붙은 카이.

"대답에 따라서는, 그냥 넘어가지 않을 거라 각오해."

얼음의 미소 그대로 무서운 소리를 하는 레이나.

또다시 공기가 얼어붙었다.

시라유키가, 그리고 모모코조차 준을 위해 분노하며 카이를 노려봤다.

"감사하라고, 애시 군? 우리는 친구니까, 제대로 변명을 들어줄 거거든?"

"아, 예."

"참고로 변명은 금방 끝날까? 길어질까?"

"……길어질 거라고, 생각합니다."

"알았어."

승낙하는 레이나.

역시나 모델을 준비하는 만큼, 그 미소에는 모두가 빠져들 수밖에 없었다.

하지만 그녀의 음성은 백 년의 사랑도 식어버릴 정도로 잔혹했다.

"방과 후. 체육관 뒤에서."

"……예."

카이는 세 번째로 '오싹……'했다.

이러니저러니 해서 같은 날 방과 후.

카이는 레이나에게 체육관 뒤로 불려왔다.

180도로 꺾이는 구조인 계단의, 층계참에서 무릎을 꿇고 있었다.

바닥이 휜히 드러난 콘크리트니까 딱딱해서 정강이가 아팠다.

"……어째서 무릎을 꿇습까?"

"반성에 걸맞은 포즈니까."

레이나는 바로 앞에 우뚝 서서 말했다.

차가운 이 여왕님이 팔짱을 낀 포즈로 위에서 압력을 가하니까, 정말로 무서운데.

한편 카이는 눈을 둘 곳이 곤란했다.

레이나는 요즘 여고생답게 치맛자락이 짧았다.

게다가 모델 체형인 그녀는 다리가 늘씬하게 길어서 허리의 위치가 놀랄 정도로 높았다.

그러니까 무릎을 꿇은 카이의 눈앞에 서 있으니, 치마 안쪽의 보여서는 안 되는 것이 아래에서 흘긋 엿보일 것만 같았다.

'하지만 지적했다가는 걷어차일 것 같으니까, 잠자코 있자.'

혹시 정말로 엿보인다면, 그건 사고다. 그렇지?

──그런 예상 밖의 상황 덕분에 공포도 반감.

"내가 대체 뭘 반성해야 한다는 거야?"

무릎을 꿇은 상태로, 하지만 반항적인 말투로 물었다.

"준이라는 멋진 애인이 있는데, 잘도 양다리를 걸친 일이지."

"양다리라니."

"변명을 들려주겠어, 애시 군?"

"그—러니까—, 전부터 계~~~~~~~속 말했는데, 나랑 준은 연인이 아니거든. 그냥 친구야. 내가 코토부키 씨랑 시험 삼아서 데이트를 하더라도 잘못된 게 아니야."

"너도 참 고집이 세구나. 그렇게 빤히 보이는 거짓말이 통할 거라고 생각해?"

"맹세코 진실이야."

또 평행선이라고, 카이는 탄식했다.

한편 레이나는 완고하게 물러나지 않았다.

"너는 준을 골라야 하겠지? 그 아이는 잊어. 두 번 다시 만나지 않겠다고 여기서 맹세해."

고압적으로 명령했다.

또 시작했다며 카이는 어깨를 으쓱이고,

"코토부키 씨는 알바 동료니까 앞으로도 얼굴을 계속 마주하게 될 건데요—?"

"그럼, 알바도 그만두는 걸로."

"너 남의 인생에 엄청 참견한단 말이지?!"

카이는 큰 목소리로 반격했지만 레이나는 지긋지긋하다는 듯이 흥, 고개를 돌릴 뿐.

그래서 카이도 토라져서는 반대쪽으로 고개를 돌렸다.

잠시 서로 고집을 부렸다.

"네가 무슨 소리를 하든, 나는 만나는 걸 그만두진 않으니까."

"······그걸 정하는 건 내가 아니다. 애시 군 본인이라는 걸까?"

"그래. 잘 알잖아."

"그야 그렇지. 마츠다를 상대로 던진 말이랑 똑같은걸. 잊을 리가 없지."

결국에 너는 그렇게 말하는구나――라고 레이나는 체념의 한숨을 내쉬더니, 이쪽을 봤다.

그래서 카이도 마주봤다.

어쩐지 레이나의 표정이 부드러워진 것처럼 보였다.

눈빛도 다정해진 것처럼 여겨졌다.

그래서 카이도 그 이상은 고집을 부리지 않고 부드럽게 태도를 바꾸었다.

"뭐, 그런 거야."

"알겠어. 애시 군은 그 아이랑 사귀면 돼."

"잠깐잠깐잠깐 이야기를 비약하지 마!"

이 녀석한테는 중용이라는 개념이 없나?

"그런 이야기 아니야?"

"아직 사귀겠다고 결정한 게 아니야! 게다가――."

"게다가?"

"어려울지도 모르겠다고, 솔직히, 어제, 생각했어."

"데이트가 의외로 즐겁지 않았던 걸까?"

"즐거웠어. 그건 진짜야. 하지만 말이지, 즐겁기만 하진 않았거든……."

그저 친구랑 놀 때와는 달리, 무언가 배려를 해야만 했다.

이른바 '상대를 착각하게 만드는 행위'는 엄격히 삼가야만 했다.

카이에게는 전혀 즐겁지 않은 옷 쇼핑도 함께해야만 했다.

"코토부키 씨와는 알바하면서 알게 됐어. 대화를 하면 엄청 즐거워. 취미가 맞거든."

어제도 둘이서 애니메이션 영화를 보고 감상 토크를 나누는 동안에는, 시간을 잊을 정도로 열중했다. 그저 즐거웠다.

"하지만 그런 건, 애인이 아니라도 할 수 있어……. 오히려 애인이 아닌 게, 순수하게 즐겁거든……."

"애시 군은, 어른인지 어린앤지, 잘 모르겠어."

"애송이라고 생각해, 솔직히. 스스로도."

"그런 순수한 일면이 강하게 남아 있는 게── 준이랑 마음이 맞는 거겠지, 너는."

어쩐지 아니꼬운 대사를, 레이나가 말했다.

하지만 이 여왕님이 말하니까 무척 어울렸다.

카이는 그런 멋들어진 캐릭터가 아니니까 무척 창피하다는 기분을 느꼈지만.

"있잖아, 애시 군. 하나 더, 친구로서 충고를 하겠는데, 들어주겠어?"

"어, 응."

조금 전까지의 레이나와는 달리 고압적인 말투가 아니었기에, 카이는 허심탄회하게 귀를 기울였다.

"그 아이랑 사귀게 된다면, 더 이상 준이랑 편하게 만날 수는 없다고?"

"아니, 어째서?"

"당연하잖아. 애인이 준이든 그 아이든, 결국에는 양다리잖아."

"준은 어디까지나 그냥 친구인데?"

"애시 군한테는 그렇더라도, 그 아이는 어떻게 생각할까?"

"준은—— 거의 매일 같이 노는 여사친이라는 건, 전부터 코토부키 씨한테는 이야기했어. 그러니까 코토부키 씨도 준에 대해서는 잘 알 거야. 너랑 다르게, 더는 만나지 말라고 그러진 않을 거야."

"그 아이 쪽이 먼저 반했으니까 어쩔 수 없다는 거라면? 그 아이도 진심으로는 싫지만, 네 앞에서 애써 참고 있을 뿐일지도 모르잖아."

"그런…… 건가?"

"만약에 나라면, 내 남친이 거의 매일, 다른 여자랑 같이 논다는 걸 알면 못 참아."

"……그렇구나."

카이는 탄식했다.

오늘 하루 중, 가장 깊고 깊은 한숨이었다.

"역시 귀찮단 말이지…… 애인이라는 거."

언젠가와 같은 혼잣말이 입에서 나왔다.

설령 어린애라고 비웃음을 살지라도, 그것이 카이의 본심이었다.

"그래서? 애시 군은 할 거야? 그 귀찮은 일."

레이나는 금세 비웃었다.

"안 해. 못 해."

카이는 부루퉁하게 대답했다.

애인을 만들기 위해서 준과 소원해지는 선택을 해야만 한다면, 애인 따위는 딱히 원하지 않았다.

카이에게 준이라는 소녀는 이제 선택을 한다든지, 그런 존재가 아니었다.

인생의 일부라고 해도 과언이 아닌 상대였다.

"마음은 아프지만, 코토부키 씨한테는 제대로 이야기할게."

씐 것이 떨어진 듯한 기분으로, 카이는 말했다.

"그 말을 들으니 안심했어."

레이나는 팔짱을 풀었다.

"불러내서 미안해. 그럼, 내일 봐."

더 이상 용건은 없다는 듯, 냉큼 떠났다.

카이도 간신히 풀려났다는 안도감에 무릎 꿇은 자세를 풀었다.

너무나도 저려서 비명이 나올 뻔했지만!

그것을 근성으로 참아내고, 계단을 내려가는 레이나의 뒷모습이 완전히 사라지기 전에 말을 건넸다.

"고마워, 레이나 씨!"

"……허?"

걸음을 멈추고 돌아본 레이나가 곤혹스럽다는 듯 긴 속눈썹을 깜박거렸다.

"……어?"

카이는 감사를 건네었을 뿐인데 어째서 그런 표정을 짓는 것일까 당혹스러웠다.

레이나가 진심으로 의아하다는 듯 물었다.

"이런 곳에 불러내서는 무릎까지 꿇게 만든 나한테, 어째서 애시 군이 고맙다는 거야?"

"아니…… 그게, 조언을 해줬잖아. ……친구로서."

그런 쪽으로 자신은 어리숙하다고 할까 둔감했으니까, 지적해 준 덕에 정말로 도움이 되었는데.

그러니까 카이로서는 지극히 당연한 말이라고 생각했다.

하지만 레이나의 눈은 '믿을 수 없다'라고 말하고 있다.

어째서.

"……예예, 천만에요."

카이의 말을 들은 레이나는 어이없다는 듯 어깨를 으쓱이더니, 이번에야말로 떠났다.

"애시 군은, 어른인지 어린애인지, 정말로 모르겠어."

그런 한마디를 남기고.

레이나와 헤어진 뒤에는 바로 귀가했다.

카이는 대략 주 2회의 페이스로 알바를 하는데, 오늘은 18시부터 22시까지 시프트였다.

출근 전, 사두었던 크로켓으로 가볍게 끼니를 때웠다.

어머니가 단골인 빵집의 인기 상품이었다. 품질이 좋고 굵은

Illustrations ©mmu

빵가루를 잔뜩 묻힌 겉옷은, 전자레인지로 다시 데워도 여전히 바삭바삭. 안의 감자는 공들여서 으깬 덕분에 촉촉, 그리고 다짐육의 툭툭 끊어지는 느낌이 어우러져서 식감의 차이에 따른 하모니가 평범한 크로켓을 한 차원 위의 반찬으로 끌어올렸다.

한창 먹을 나이의 파워를 유감없이 발휘하여 금세 세 개를 뚝딱.

기운 가득하게 출발, 비디오 대여점 '비버' 4호점으로 자전거를 몰았다.

그리고 일찍 도착해서는 가게 뒤편에서 시프트표를 확인했다.

'코토부키 씨한테 이야기하더라도, 제대로 얼굴을 마주하고서 이야기하고 싶으니까.'

다음으로 같이 일하는 것은 언제인지 체크.

최근까지는 카이가 지도 담당이었기에 점장이 우선적으로 같은 요일과 시간대로 짰다.

하지만 슬슬 독립시키고 싶다는 의향인지, 서서히 다른 시프트가 늘어나고 있었다.

'으—음, 운이 없네. 다음 주까지는 안 겹치나.'

이래서야 내일에라도 패밀리 레스토랑 같은 곳에서 약속을 잡는 편이 나을지도 모른다.

아직 시간이 있으니까 스마트폰을 꺼내어 LINE으로 코토부키에게 한 마디 건네려고 했다.

하지만 코토부키 쪽에서 먼저 『알바 전에 죄송해요』라며 메시지를 보낸 것을 깨달았다. 자전거로 이동 중에 받은 것이었다.

카이는 스티커 중에서 이츠카 코토리가 『어쩔 수 없네』라며 미소 짓고 있는 것을 골라서 답장했다.

그러자 읽음 표시가 바로 붙고,

『선배한테 긴히 말씀드릴 것이 있는데.』

코토부키가 메시지를 보냈다.

카이는 살짝 긴장감을 느끼며 답변했다.

『어떤 용건이실까요?』

『가까운 날짜로 미야카와 선배랑 셋이서 놀지 않겠나요?』

어, 무슨 바람이 분 거야?

카이는 잘못 본 것이 아니냐며 스마트폰 화면을 몇 번이나 다시 봤다.

『그건 저로서는 이해할 수 없는 부류의, 고도의 농담일까요?』

『그 말 그대로의 의미예요. 폐가 될까요?』

『저는 상관없고, 준도 틀림없이 기뻐할 테지만요.』

오히려 어제 따돌림을 당했다며 원한을 가졌을 정도니까.

『그럼 아무런 문제도 없다는 이야기군요. 저는 알바가 있는 날만 아니라면 언제든지 괜찮으니까, 스케줄을 잡아주실 수 있을까요?』

『그건 괜찮지만.』

솔직히 문제밖에 없다고 느끼는 카이.

『코토부키 씨는 틀림없이 준이 거북할 거라 생각했어요.』

『그렇지 않아요. 처음 봤을 때부터 멋진 여성이라고 느꼈어요.』

진짜냐.

준의 가슴에 파묻혀서 죽은 눈을 하고 있던 기억밖에 없어.

『그때 같이 있던, 레이나 씨와 착각하신 건 아닌가요?』

『본인이 미야카와 선배라고 하셨으니까 틀림없을 거예요. 저를 끌어안고서 놓지 않았던 분이에요.』

응 틀림없구나.

그건 준 말고 다른 누군가일 리 없다.

『혹시 가능하다면 앞으로는 셋이서 놀 기회를 늘렸으면 해요.』

……정말로 무슨 바람이 분 거야?

'알 수가 없네……. 코토부키 씨가 어떤 표정으로 이 메시지를 보내는지 알 수가 없어…….'

역시 상대가 보이지 않는다는 것은 어렵다.

여하튼 코토부키가 진심으로 준과 놀고 싶다면, 거절할 이유가 전혀 없는 것은 분명했다.

알바 시간이 다가오기도 해서, 준과 이야기해서 스케줄을 잡겠다는 취지를 전하고 코토부키와의 토크를 마쳤다.

'으—음. 어쩐지 이상한 이야기가 되어버렸네…….'

준과 더 이상 놀 수 없게 되는 것은 싫으니까, 역시나 코토부키와 사귈 수는 없다── 제대로 그렇게 전할 생각이었는데, 어째선지 방향이 바뀌었다.

코토부키가 '저도 미야카와 선배와 놀고 싶으니까, 마침 잘 되었잖아요'라고 대답하는 모습이 눈에 선했다.

물론 그런 이야기라면 카이로서도 바라 마지않는 일이지만…….

너무나도 반가운 이야기라서 순진하게 기뻐해도 될지 불안해졌다.

'──아니, 지금 여기서 이러쿵저러쿵 생각해 봐야 어쩔 수 없
겠네.'

고민스러운 기분을 알바까지 가져가서는 안 된다.

아, 역시 연인이니 어쩌니 하는 건 성가셔…….

"여기가 저희 집이에요."

현관을 가리키고 카이는 말했다.

어디에나 있을 법한 주택가의, 평범한 2층 주택.

그런데도 코토부키는,

"후, 훌륭한 집이네요."

가여울 정도로 긴장해서는 필요 없는 빈말을 건넸다. 이어서,

"이거, 별것 아니지만요."

어색한 동작으로 과자가 든 종이봉투를 건네려고 했다.

"아니, 여기서 나한테 줘서 어쩌게. 안에서 엄마한테 줘."

여전한 코토부키의 두부 멘탈에 카이는 웃음을 터뜨리고 말았다.

반말로 대답하고 말았다.

"서, 서서서서선배 어머님께서, 수수수수수상쩍다고 여기신다면, 어어어어쩌죠?"

"아니, 시집을 오는 것도 아니니까."

엄마는 그런 냉정한 눈으로 안 보니까.

"오히려 우리 가족, 싹싹한 걸 넘어서 허물이 없으니까, 그걸 먼저 사과해 둘게."

"그그, 그건 그것대로, 저한테는 허들이 높아요……."

그러면서 눈물을 글썽이는 코토부키.

이 후배는 정말로 대인 관계 전반이 거북한 모양이다.

그런 주제에 친해지면 건방지게 기어오르려고 하는 녀석.

으~음, 귀엽다.

코토부키가 '셋이서 놀고 싶다'라고 한, 그다음 날이었다.

알바를 마치고 귀가한 뒤, 카이는 어젯밤에 바로 LINE으로 준과 스케줄을 맞춘 것이었다.

『코토부키 씨가 조만간에 셋이서 놀고 싶다던데?』

『찐?』

『찐.』

카이가 짧은 메시지로 대답하자 준은 스티커로 후루하시 후미노의 『언질 받았으니까!』라며 올려다보는 녀석을 붙였다.

밤도 늦었고 알바로 피곤했으니까, 포푸코가 『FOO～→』라며 팔을 휘두르는 스티커로 대충 답했다.

『그래서, 준은 언제가 좋아?』

『내일!』

『빠르네!』

카이가 속공으로 딴죽을 걸자 준은 대사를 커스텀할 수 있는 스티커로 감녕이 『쪽쪽하고 싶다, 가장 먼저』라며 요새를 공략하는 녀석을 붙였다.

역사 속의 무장한테 무슨 말을 시키는 거야…….

『진지하게 해주세요.』

『미안. 넘쳐나는 마음이 멈추질 않아서.』

『코토부키 씨의 신변에 위험을 느끼니까 이 이야기는 없었던 걸로.』

카이가 진지한 얼굴로 메시지를 보내자 준이 우마루가 『싫어』라며 떼를 쓰는 스티커로 답했다.

『진지하게 해주세요.』

『카이야말로 농담이란 걸 알아주세요.』

정말이야~? 지금 영상 통화 할 수 있어~?

처녀에게는 있어서는 안 되는 으흐흐 얼굴 아냐~?

『그럼, 농담 빼고서. 내일은 너무 빠르잖아. 적어도 주말 정도 겠지.』

『내일이 좋아 내일이 좋아.』

『이 자식, 얀데레냐.』

『마음의 크기를 글로 엮었을 뿐이야.』

『글자로 읽으면 호러라고, 네 마음의 크기.』

『어쨌든 내일이 좋아! 못 참겠어!』

귀여운 아이를 대체 얼마나 좋아하는 거냐고.

카이는 탄식 한번.

『알았어. 코토부키 씨가 OK한다면.』

그렇게 대답하자 준은 대사를 커스텀할 수 있는 스티커로 장비가 『감사합니다! 감사합니다! 그러하오』라며 득의양양한 표정을 짓는 것을 붙였다.

그러니까 역사 무장한테 무슨 말을 시키는 거야…….

그리고 거절을 각오하고서 코토부키에게 확인해 봤더니 의외로 내일이라도 괜찮다며 OK를 받았다.

『만세!!!!!!』

그 메시지에서 준의 기뻐 날뛰는 모습이 눈에 선했다.

그 후, 카이는 숙제를 하거나 목욕을 하거나 이를 닦거나 침대에서 잠들 때까지 '29세와 JK' 최신 6권을 읽거나 했지만, 그야말로 잠이 들 때까지 준의 메시지가 날아왔다.

『어떤 옷 입고 갈까?』

또는,

『호테이 아이스크림 좋아할까? 가져가면 기뻐할까?』

또는,

『종류는 MOW랑 와, 어느 게 좋을까?』

또는! 또는! 또는!

나도 모르겠는데!

"너, 데이트 전날에 들뜬 녀석이냐…….."

카이는 화면을 빤히 바라보며, "데이트 아니라고"라며 스마트폰을 향해 딴죽을 걸었다.

물론 전부 읽기만 하고 패스했다.

──그런 경위가 있었던 것이다.

그래서 오늘 방과 후, 가장 가까운 역인 와타라이에서 코토부키와 만나서 집까지 데려왔다.

서로 학교에서 바로 왔으니까, 카이는 아사고 교복차림. 코토부키도 긴고 교복차림이었다.

"정말로 조심스럽게 굴 것 없으니까요. 코토부키 씨네 집이라 생각하고 들어오세요."

앞장서서 현관을 여는 카이.

실제로 코토부키는 과자를 지참했지만 그럴 필요 없었는데. 지나친 걱정이다.

코토부키네 집이 무척 예의범절에 빈틈이 없는 가풍일까.

아니면 과자를 가져가면 코토부키의 마음이 놓이는 걸 수도. 남의 집 문턱을 넘어가는 허들이 내려간다면 카이는 아무 말도 할 수 없었다.

"다녀왔어─! 친구 데려왔어─."

가족에게 귀가 보고.

그리고 부엌에서 얼굴을 내민 어머니가,

"히에…… 너한테 이런 귀여운 친구가 또?!"

"일하는 곳 후배 여자애를 데려올 거라고 아침에 다들 있을 때 말했잖아!"

"그치만 이렇게나 귀여울 줄은 몰랐는걸! 준만으로도 너한테는 과분한 기적인데!"

"나한테도 코토부키 씨한테도 실례잖아, 그거. 대체 얼마나 편견을 갖고 있는 거야?"

"틀림없이 널 그대로 여자로 만든 것 같은 아이가 아닐까……."

"어째서 다들 같은 소릴 하는데?! 내 친구는 그런 이미지야?!"

"적어도 이렇게나 귀여운 아이는, 네 친구일 것 같은 이미지가 아니야……."

"부모라도 해도 될 말이 있고 안 될 말이 있잖아?!"

그리고 귀엽다 귀엽다, 연호하지 말아줄래?

코토부키 씨가 창백한 얼굴로 "저, 『귀엽도록』 노력해야…… 어머님의 기대에 부응해야……"라며 주문처럼 중얼중얼하잖아?

"내 방으로 가자."

이상한 어머니의 언동으로부터 낯가림이 지독한 코토부키를 지키기 위해, 냉큼 2층으로 안내하기로.

세 평짜리 서양식 방으로 그녀를 들여보내고 문을 닫아 단둘이 되자, 코토부키는 안도하며 가슴을 쓸어내렸다.

남자의 방에 처음으로 들어온 여자아이의 태도라면, 보통은 반대 아닐까?

'뭐, 그만큼 나한테 마음을 허락해 준다는 걸 테지만.'

카이는 간질간질하는 기분을 느끼고 콧등을 긁었다.

간신히 코토부키와 함께 편안히 풀어져 있었더니,

"앗 군, 또 엄청 귀여운 아이를 데려왔다는데 정말이야—?"

"으어어어어어어 노크 정도는 해달라고 누나?!"

닫힌 문을 금세 열고 들어온 누나 세레나의 출현에 카이는 전력으로 항의했다.

"이것 참 진짜 귀여운데, 앗 군 주제에!!!"

"누나…… 준이랑 다르게 코토부키 씨는 섬세하니까, 성가시게 굴지 말라고 부탁했지?"

낯가림이 심한 코토부키를 지키기 위해 누나를 복도로 밀어냈다.

"뭐야—? 내가 방해라는 거야—?"

"확실하게 방해라고 그러는 거야."

"귀여운 후배랑 단둘이서 뭘 하려는 걸까—? 앗 군, 변태—."

"이제 곧 준이 오니까. 단둘이 있으려는 게 아니거든."

"정말로 신기한데 말이지—, 너같이 칠칠맞은 아싸가, 준에다 저런 아이까지 양손에 꽃이라니, 최근에 일본은 대체 어떻게 된 거야?"

"부디 누나가 대학교에서 연구해 줘. 사회학부잖아."

"설마 이게 전설의 인기 있는 시기?! 실존했던 거야?! 나한테는 한 번도 없었는데!"

"예예, 소개팅 열심히 해봐. 누나라면 틀림없이 멋진 사람을 찾을 수 있을 테니까."

"우와, 여유로운 태도 짜증나—. 자백해. 너, 어떤 기술을 쓴 거야? 최면술?"

"예예, 최면술이야 최면술."

딴죽에 지친 카이는, 옆에 있는 누나의 방으로 밀어 넣고 자기 방으로 돌아왔다.

남매의 대화를 듣고 있었는지 입을 떡 벌린 코토부키에게 쓴웃음을 향했다.

"우리 누나가 부끄러운 꼴을 보였네요."

"아, 아뇨, 그렇지 않아요. 결코. 무척 멋진 언니라고 생각했어요."

으―음, 설득력 전무한 그 말이 참으로 갸륵했다.

"서, 선배는 정말로 이름, 카이 씨가 아니었군요."

으―응, 억지스러운 화제 전개가 흐뭇했다.

"예, 『애시』라고 합니다. 우리 집에서는 『앗 군』이라고 부르고 있지요."

더욱 씁쓸한, 자조하는 미소를 짓는 카이.

본명 쪽의 사정은, 이미 코토부키에게는 털어놓았다.

교제를 시야에 둔 데이트까지 했으니까 언제까지고 감추는 것은 나쁜 태도라고 생각했다.

코토부키는 처음에 농담이라 해석해서 진짜로 받아들이지 않았지만!

내 이름 그렇게나 말도 안 되냐고 오히려 상처받았지만!

하지만 금세 아무래도 상관없어졌다. 왜냐면,

"가능하다면 카이라고 불러줘."

"가, 갑자기 이름으로 부르는 건 부끄러우니까, 계, 계속 선배라고 부르면 안 될까요."

그렇게 대답하는 코토부키의, 새빨개져서 이쪽과 눈도 못 마주치는 모습에,

"하, 하지만 언젠가 반드시, 카이 씨라고 부르게 해주세요."

그렇게 말해준 기특함이 참을 수 없이 귀여웠으니까.

그것은 제쳐놓고.

"언제까지고 서서 이야기하는 것도 그러니 부디 앉으시지요."

다시금 코토부키에게 권했다.

"어—, 보통은 이 침대를 소파 대신에 쓰고 있는데, 아무리 그래도 남자 침대에 앉는 건 저항감이 있겠죠? 여기 쿠션을 쓰도록 하시지요."

일 년 전, 아무런 준비도 없이 준을 갑자기 침대에 앉힌 반성을, 오늘 살리겠다!

카이는 그렇게 득의양양했지만,

"미야카와 선배는 보통 어떻게 하시나요?"

"어. 그러니까 침대에."

"그럼, 저도 그러면 돼요. 선배의 침대라면 괜찮다고요?"

코토부키는 갑자기 새침한 표정으로 바뀌더니 냉큼 침대에 앉았다.

기분 탓인지 눈동자 안에서 무언가가 활활 타오르는 것처럼 보였다.

대체 무슨 불꽃일까⋯⋯.

"선배도 여기, 앉으시죠."

"아, 예. 실례하겠습니다."

대사라고 할까 입장이 반대가 되었다는 것이 조금 우스웠다.

쿡쿡 웃으며 카이는 침대 옆에 앉았다.

그러자 코토부키가 머뭇머뭇하며 달팽이 같은 속도로 이쪽으로 다가왔다.

'아, 좀 더 가까이 앉는 편이 나았다는 건가? 사양할 것 없다는 건가?'

그런 생각을 하는 사이, 코토부키는 머뭇머뭇하며 멀어졌다.

뭐하는데.

그 후로도 코토부키는 뜻을 다진 표정으로 머뭇머뭇 거리를 좁히고는, 뺨을 물들이며 머뭇머뭇 멀어지는 것을 되풀이했다.

퍼스널 스페이스의 거리감을 재는 것에 무척 고전하는 모양이었다.

"그렇게 다가왔다가 돌아가는 움직임은, 파도의 호흡 제1형인가요? 역시 물의 호흡에서 파생된 걸까요?"

"노, 놀리지 마세요. 전집중 같은 거 안 해요."

코토부키는 울컥해서 말했다.

그리고 억지로 새침한 표정을 만들더니,

"그런데, 그 미야카와 선배는 지금 어디에? 같이 하교하시지 않았나요?"

"예. 저도 같이 하교할 생각이었는데요. 준은 일단 귀가를 하고, 옷을 갈아입고서 오겠다고 우겨서."

"그건 역시, 저에 대한 대항 의식으로?"

"예?"

또다시 눈동자 안쪽으로 무언가를 활활 불태우는 코토부키의, 발언의 의미를 이해할 수 없어서 카이는 어리둥절했다.

"아, 아닌가요?"

"준은 코토부키 씨한테 좋은 모습을 보여주고 싶어서, 멋을 부려서 올 생각인 것 같아요."

"그, 그런가요. 제 착각인 모양이라, 부끄럽네요."

진심으로 수줍음을 감추려는 것인지 얼굴을 피하는 코토부키.

'대항 의식? 무슨 소리지?'

일련의 그 언동이 카이로서는 이해할 수 없어서 물어보려고 했다.

하지만 한발 앞서 코토부키가 질문했다.

"……하나, 먼저 확실히 해두고 싶은 게 있는데요."

"예, 뭘까요."

"저를 위해서 꾸미고 온다든지…… 미야카와 선배는 혹시 진짜 백합 쪽이시라든지?"

"진짜 백합이라니."

"실제로 그렇다면 이래저래 납득이 가는데요."

"허? 납득이 간다?"

"아뇨, 미안해요. 그건 아무래도 상관없으니까 질문에만 답해주세요."

"준은 결코 진짜 백합 쪽이 아니에요. 코토부키 씨가 신변의 위협을 느끼는 것도 무리는 아닐지도 모르겠지만."

실제로 자신도 살짝 걱정했으니까. 살짝.

"준이 말하기를, 여자아이는 모든 귀여운 것을 정말 좋아한다고 해요."

카이는 어제 준에게 들은 이야기를 선보였다. 코토부키와 인형을 대하는 마음이 거의 같은 카테고리라는 부분은, 부탁을 받았으니까 감추고서.

"그렇군요, 그 마음은 정말로 이해할 수 있어요."

하지만 코토부키도 금세 납득과 안심과 공감을 했는지, 표정이 환해졌다.

"이해할 수 있나요?"

"예! 제 사촌동생 중에 네 살 아래의 여자애가 있는데, 이 아이가 정말로 참을 수 없이 귀엽거든요. 똑같이 건방져도, 남자 쪽은 견딜 수가 없어서 차마 손을 댈 수가 없지만, 그 아이는 흐뭇해서 무심코 끌어안고 싶어지거든요."

멋진 대답으로 강하게 확신하는 코토부키.

"대답 감사합니다. 제 기우였어요."

"모쪼록 그녀와도 친하게 지내주세요. 준의 스킨십이 과도하다고 판단했을 때는, 저도 전력으로 제지할 테니까요."

"예! 저는 선배를 믿어요."

"하하하, 그건 과장이겠죠."

"믿으니까요?"

"……하하하."

코토부키의 목소리에서 진심이라는 것을 느꼈는지, 카이는 메마른 웃음을 흘릴 수밖에 없었다.

'——그보다도 역시 이 녀석, 여전히 준이 거북한 거 아냐?! 친하게 지내고 싶다든지 무리 아냐?!'

그렇게 생각할 수밖에 없었다.

하지만 그렇다면 어째서 코토부키는, 준과도 함께 놀고 싶다는 이야기를 꺼냈나…….

생각해 봐야 해답은 나오지 않았다.

카이는 결코 둔감한 남자가 아니지만, 뭐든 꿰뚫어 볼 정도로 어른도 아니었다.

마음속으로 답답해하는 카이 옆에서, 코토부키 역시도 괴로워하고 있었다.

그렇다——.

코토부키는 여전히 준이 거북했다.

카이의 직감은 들어맞았다.

낯을 가리는 코토부키에게 첫 대면부터 불쑥불쑥 다가오는 준은 성가신 상대 그 자체였다.

준이 온몸에서 풍기는 압도적 '리얼충' 오라가 너무나도 다른 세계의 사람으로 보였다.

한편——.

그럼에도 불구하고 코토부키는 어째서 같이 놀고 싶다는 말을 꺼냈나?

카이는 정답에 다다르지 못했지만, 그렇게 복잡한 이유는 아니었다.

그저께 데이트에서 코토부키는 처음으로 '나카무라 선배의 여사친'을 보았다.

그리고 어마어마한 충격을 받았다.

물론 이전부터 이야기로 듣기는 했다.

그야말로 카이의 입에서 빈번하게 나왔으니까.

얼마 전에 이 '여사친' 관련으로 계속해서 트러블이 발생하여, 뭣하면 코토부키가 조언을 해주었을 정도였다.

하지만 설마 그런 미소녀였다고는 꿈에도 생각하지 않았다.

지금 와서 보면 터무니없는 편견이지만—— 남자 같은 말괄량이라든지 거칠이 없다든지, 좋은 의미에서 여자가 느껴지지 않는 타입이라고 멋대로 상상하고 있었다.

반에 하나 정도는 있는, 코토부키도 호감을 품는 종류의 여자다.

하지만 현실은 무정했다.

미야카와 준이라는 퍼펙트 미소녀와 카이가 친구 사이임을 안 순간, 코토부키는 현기증마저 느꼈을 정도였다.

'이런 예쁘고 붙임성 있는 여성과 일주일에 닷새나 같이 놀고서, 선배는 좋아하게 되지도 않는 거야?! 정말로 애인 사이 아니야?!'

그런 생각이 가시지를 않았다.

데이트를 마치고 귀가한 후에도 침대 위에서 데굴데굴 몸부림쳤다.

그리고 생각한 것이었다.

'확인해야겠어. 제대로, 이 눈으로.'

카이와 준—— 두 사람의 사이가 사실은 어떠한지.

물론 사실은 애인 사이인데 카이가 감추고 있다? 코토부키도 그런 생각은 하지 않았다.

그렇단 건 양다리를 걸친다는 것인데, 카이는 그런 비겁한 인물이 아니다.

항상 타인의 안색을 살피면서 살고 있는 자신이기에, 사람을 보는 눈은 있다고 생각한다.

'다만 선배가 그 사람에 대한 연심을 자각하지 못했을 가능성은…… 없지는 않아.'

베개에 엎드려서는 애절하게 커버를 씹는 코토부키.

그런 가능성을 검토하는 것만으로도 가슴이 답답해지지만, 현실도피를 할 수는 없었다.

이러는 자신도 빠른 단계부터 품었던 카이에 대한 호의가, 인생 첫 연심이었음을 자각할 때까지 상당한 시간이 걸렸다.

카이는 의지할 수 있는 선배인데 순진한 구석도 있는 남자니까(하지만 바로 그것이 카이!), 여사친을 향한 Love와 Like의 구별을 못 한다는 것도 꽤 가능성 높은 이야기였다.

'게다가 무엇보다도, 그 사람은 선배를 어떻게 생각하는 걸까?'

문제 자체는 오히려 이쪽이 더 컸다.

여하튼 자신은 '미야카와 준'이 어떤 인물인지 거의 모르니까.

카이에게 전해들은 정보가 전혀 들어맞지 않은 것은 오늘 막 통감했으니까.

'평범하게 생각하면, 일주일에 닷새나 남자네 집에 다닌다니 그거 틀림없이 좋아하는 거잖아?! 점 찍어 놓은 거잖아?! 아니, 진즉에 자기가 애인이라고 생각하는 거잖아?! 그보다도, 내가 일주일에 닷새씩 다니고 싶어!!'

베개에 엎드린 채, 화풀이하듯이 커버를 마구 두드리는 코토부키.

그러나 한편으로, 준이라는 여자는 '평범'하지 않을지도 모른다는 생각도 들었다.

그저 얼굴 생김새가 단정한 것만이 아니다. (그 점에서는 나도 지지 않아!)

준은 사는 세계가 너무나도 다르다고 느낄 정도로 범상치 않은 오라를 가지고 있었다.

리얼충의 극치에 다다른 인간의 머릿속이라니 상상한 적도 없으니까, 어떤 엄청난 인격을 가지고 있을지라도 놀랄 일은 아니었다.

그야말로 남자 따위는 마구 갈아치우고 대학생이나 사회인 미남을 뒤집어쓰듯이 찍먹하다 보니, 이제 와서 남자 고등학생 따위는 물벼룩으로밖에 안 보이는 것일지도 모르고.

반대로 진성 백합 쪽 사람이라, 애당초 이성에게 연애 감정을 품지 않을지도 모르고.

'으으으으, 아무리 생각해 봐도 모르겠어⋯⋯.'

침대에 얼굴을 파묻은 채, 시체처럼 축 늘어지는 코토부키.

하지만 모르기 때문에 확인해야 한다.

이 눈으로.

카이와 준—— 두 사람의 놀이에 끼어들어서.

항상 타인의 안색을 살피던 자신이라면 언젠가 두 사람의 관계에 진실을 볼 수 있을 것이라고, 그렇게 믿고서.

그리고 그렇게 본 결과가, 설령 어떠한 것일지라도.

'나는 결코 지지 않아.'

꽁무니를 빼려고 하는 자신의 약한 마음을 독려하고.

뭐, 그러니까 요약하자면.

코토부키는 준에 대한 대항심을 활활 불태우며 카이의 집으로 뛰어든 것이었다.

준이 오기를 기다리는 동안, 카이는 코토부키와 애니메이션 토크로 열을 올렸다.

아까 화제로 올라온 '물의 호흡'의 흐름으로, 그저 '귀칼'의 7화 감상회.

그리고 이 애니메이션은 지난달부터 방송을 시작했는데, 카이는 원작 최신간까지 이수를 마친 반면에 코토부키는 애니메이션 온리라서, 스포일러를 하지 않도록 주의해야 했다.

"역시 유포테이블이라 할까요, 무잔 님의 강자 오라가 굉장하지 않았나요, 코토부키 씨."

"굉장했어요. 하지만 제가 생각하기에 키부츠지는 성장용 **발판** 보스가 아닐까요, 선배."

"호오. 그 이유는?"

"원작은 점프의 만화라고요? 그걸 고려하면 등장이 너무 빨라요. 가령 키부츠지가 최종 보스라면 3, 40권을 연재하는 건 어렵지 않을까요?"

"그렇군요, 그런 발상은 없었어요."

"게다가 이건 제 예상이지만, 최종 보스는 화 속성이 아닐까요. 그리고 물의 호흡을 갈고닦은 탄지로가 결정적인 카드가 되지 않을까요."

"그렇군요. 가슴이 뜨거워지는 전개네요. 빨리 보고 싶어요."

원작 독자로서 앞으로의 전개를 알고 있으니 코토부키의 예상은 아마도 맞지 않겠다고 생각하면서도, 전혀 그런 내색을 드러내지는 않았다.

하지만 뼛속까지 오타쿠인 카이는, 이런 쪽의 배려는 저어어어어언혀 힘들지 않았다.

무엇보다도 코토부키의 순진한 발상이나 예상을 듣고서 즐거운 것은 본심이고, 정말로 그런 전개가 된다면 보고 싶다는 것도 사실이었다.

'코토부키 씨 취향의 경향을 보면, 틀림없이 시노부 씨한테 빠질 거라 생각하거든. 빨리 애니메이션에도 등장하지 않을까. 서로 무슨 캐릭터를 미는지 이야기하고 싶어.'

가까운 미래에 그런 대화를 기대하며 담소를 계속 나누었다.

──그리고.

현관 초인종이 울렸다.

"아마도 준이겠네요."

카이가 중얼거리자 코토부키가 즉각 몸이 굳어지는 것이 전해졌다.

벌써부터 그래서야 괜찮을까?

그리고 현관까지 마중을 나간 어머니와 준이 인사로 대화를 시작하는 목소리가 들렸다.

그러는가 싶더니 준이 굉장한 기세로 계단을 뛰어 올라오는 발소리가.

"기다렸지—!"

"어째서 다들 노크도 안 하는 걸까요……."

그야 들어온다는 것은 발소리로 알았지만.

"그럼 다시! 나, 미야카와 준이야! 준이라고 불러!"

준은 코토부키 옆(카이와는 반대쪽)에 주저 없이 앉더니 잡아먹을 기세로 자기소개를 했다.

그리고 봄철의 세로무늬 스웨터에 옅은 색 긴 치마, 검은 스타킹의 '오타쿠가 좋아할 법한 누나 캐릭터' 코디네이트였다.

이 여자, 코토부키의 환심을 사려고 필사적이었다.

사실 카이는 "꾸미고 올게"라고 말한 준이, 의욕이 헛돌았다고 할까, 오타쿠로서는 도저히 이해할 수 없는 급진적인 화려한 복장으로 눈이 어지럽게 나타나지는 않을까 걱정했다.

코토부키가 기겁하지는 않을까 우려했다.

하지만 그야말로 기우였다고 할까, 역시나 준은 '리얼충과 오타쿠 양쪽을 모두 구비하여 최강을 선보인다'를 실사화한 여자. 빈틈이 없었다.

그 노력의 보람이 과연 있는지, 코토부키의 긴장감도 그렇게까지 크진 않아서,

"호테이 코토부키라고 해요. 잘 부탁합니다."

살짝 뺨이 움찔움찔하면서도 멋진 자기소개로 답했다.

"응, 알았어, 호테짱이구나! 나아말로 잘 부탁해!"

"서, 성으로 부르지는 말아주세요."

"싫어? 싫은 거야?"

"호테이라는 이름은 그 뚱보를 떠오르게 만드니까, 싫어요."

"하지만 『호테짱』이라는 발음의 어감, 좀 귀엽지 않아? 괜찮지 않아?"

"그, 그럴까요……?"

"나도 어릴 적에, 『미야카와』라는 이름이 말하기 어려워서 싫다고 생각했는데, 친구가 『먀―카와』라고 귀여운 호칭을 발명해줬으니까 더는 싫지 않아졌어!"

"아, 알겠어요. 알겠으니까……."

"그럼 『호테짱』으로 결정이네!"

몸까지 불쑥불쑥 다가오는 준에게 퍼스널 스페이스를 침식당한 코토부키가 쩔쩔맸다.

"그리고 나, 친해진 표시로 아이스크림 사왔어!"

정말로 사왔냐…….

"호테짱이 MOW랑 와 중에 뭘 좋아할지 고민하다가, 하겐다즈로 했어!"

꽤나 힘을 주셨군요…….

"카이한테는 이거! 바닐라야! 나는 쿠키&크림으로──."

"어. 땡큐."

준이 가져온 슈퍼마켓 봉투에서 컵 아이스크림을 꺼냈다.

하나를 카이가 감사히 받고, 하나를 준이 자기 무릎에 놓고,

"──호테짱한테는 딸기랑 리치 밀크랑 그린티랑 마카다미아랑 크리스피 칩 초콜릿이랑 홍차 라테 ~아삼&딤불라~야!"

미처 받을 수 없을 만큼 대량의 컵을 코토부키에게 건넸다.

"왜 코토부키 씨한테만 이렇게나 잔뜩 주는데!"

충격을 받아 얼어붙고 만 코토부키를 대신해서 카이가 딴죽을 걸었다.

"그야, 무슨 맛을 좋아하는지 모르겠으니까 전부 가져오면 정답이 있겠지."

"무슨 정론이라는 표정으로 말하지 말라고…….""

"그러니까, 호테짱! 사양하지 말고 좋아하는 거 먹고, 몇 개든 더 먹어."

준이 이것도 먹고, 저것도 먹고, 이거, 저거, 그거도 다 먹어 하고, 또다시 코토부키에게 불쑥 다가갔다.

오빠들에게 받은 윤택한 용돈이 뒷받침된, 초고교급 파워 플레이였다.

이 여자, 돈으로 손쉽게 호감도를 매수할 생각으로 가득했다.

하지만──.

"이렇게나 저한테 먹으라고 하다니, 미야카와 선배는 무슨 속셈일까요?"

코토부키의 눈동자 안쪽에서 무언가가 활활 타올랐다.

그 불꽃으로 얼어붙은 몸을 녹이고서 움직였다.

"에, 에이~. 속셈이라니, 무슨 말을~."

설마 호감도를 돈으로 살 생각이었다고 대답할 수는 없어서 허둥대는 준.

이건 자업자득이네요, 그러면서 도움의 손길을 건네지 않는 카이.

하지만 코토부키의 항의 포인트는 그 부분이 아니었다. 조금 엉뚱한 쪽이었다.

"저한테만 이렇게 먹여서, 살을 찌우려는 속셈인가요?"

""허?""

카이와 준은 거울에 비친 것처럼 어리둥절했다.

"아, 아닌가요?"

두 사람의 반응을 보고 코토부키도 자신의 헛다리를 깨달았다.

하지만 물러날 수가 없었을 것이다. 두부 멘탈 코토부키 씨는

가여울 정도로 어색하게,

"저, 저를 살 찌워서, 손쉽게 라이벌을 쫓아내겠다는 계산 아닌가요? 『파티 피플』같이 즐거워 보이는 인종을 자칭하며, 실제로는 음험한 계급 사회를 구축하는 당신들이, 적자생존 끝에 획득한 권모술수 아닌가요?"

"카, 카이?! 호테짱, 리얼충한테 편견을 갖고 있어! 터무니없는 편견을 갖고 있어!"

"아니―…… 나는 굳이 따지자면 코토부키 씨한테 가까운 사상이라……."

"오해하지 마, 호테짱! 이 아이스크림은 선의야! 백 퍼센트 선의라고!"

"거짓말쟁이, 흑심이 가득하다고."

"게다가 아이스크림 대여섯 개를 먹는다고 살이 찌진 않으니까 안심하고 먹어!"

"……미야카와 선배는 무엇을 근거로, 그런 망언을 입에 담으시는 걸까요?"

"그야, 난 안 쪘으니까! 나 자신으로 증명을 마쳤으니까!"

준의 필사적인 변명에 코토부키는 눈을 부라렸다.

"그보다도, 어느 정도 영양분을 섭취하지 않으면, 나올 곳도 안 나와!"

준이 자신의 훌륭한 가슴을 양손으로 떠받치고, 출렁출렁출렁 흔들어서 어필했다.

코토부키는 여전히 눈을 부라리며 떨리는 목소리로,

"……설마…… 복부로 갈 영양분도 머리로 갈 영양분도 전부, 가슴으로만 갔다든지…… 그런 애니메이션 같은 사람이…… 실존했다니…….."

"카, 카이?! 호테짱, 재미있어! 귀여운 데다가 재미있다니 치사해!!!"

"코토부키 씨는 널 치트라고 생각할걸."

"그런 거 아니지, 호테짱?!"

"미야카와 선배는 모든 여성의 적이에요. 콘트라 문디(세계의 적)예요."

"으아아아아, 호테짱한테 미움을 받으면, 난 살아갈 수 없어!"

준이 눈물을 글썽이며 코토부키에게 안겨들었다.

그 결과, 밀착한 가슴이 또다시 흔들거리며 코토부키의 신경을 거슬렀지만 준은 전혀 신경 쓰지 않았다.

"자자, 우리 집은 건전한 가게니까, 코토부키 씨한테 접촉은 금지야."

"……에―."

"에―가 아니야. 너 위험하니까 앉는 자리도 바꿀게."

준에게 코토부키한테서 떨어지라며 말하고, 게다가 두 사람 사이로 끼어들듯이 다시 앉는 카이.

벽이 하나 생겨서 코토부키도 명백하게 안도했다.

한편 귀엽고도 귀여운 호테짱한테서 멀어진 준은 입을 삐죽이고,

"카이 변태―. 그렇게나 우리를 양쪽에 거느리고 싶었나요. 이

무슨 하렘 자식인가요. 사진을 인터넷의 바다에 뿌려주겠어—."

"넌 무슨 초등학생이냐……."

빤히 흘겨보자 준이 보란 듯이 달라붙어서 셀카를 찍으려고
했다.

가슴이 두근대니까 그만 좀 해.

"괜찮네요. 친해진 표시로 꼭 셋이서 찍고 싶어요. 인터넷에
뿌려지는 건 사양하고 싶지만요."

코토부키까지 갑자기 눈동자 안쪽을 활활 불태우고, 여봐란
듯이 달라붙었다.

가슴이 두근대니까 그만 좀 해주세요.

"어, 괜찮아?! 호테짱이랑 셀카 찍어도 돼?! 나, 나중에 요금
을 청구받는 거야?!"

"메이드 카페도 아니니까……."

"돈은 안 받을 테니까 안심하시길."

"아아! 평생 소중히 간직할게!"

무거운 대사를 내뱉은 준이 크게 기뻐하고, 셋이 몸을 맞댄 모
습을 마구 찍었다.

오른손과 왼손으로 하트 마크를 만드는 포즈에서, 한쪽을 코
토부키에게 강요했다.

사이에 있는 나, 엄청 기괴해.

'하지만 이건…….'

LINE으로 날아온 사진을 보고 카이는 떨떠름한 표정을 지
었다.

객관적으로 보고서 통감하는, 틀림없는 이 '양손의 꽃' 상태.

게다가 평소에는 별다른 생각도 없었지만, 여자랑 침대에 앉아 있는 그림은 배덕적인 파괴력이 있었다.

이것이 만약에 모르는 세 사람의 사진이었다면, "한가운데 남자 죽어라." "폭발해라"라고 저주했을 것은 보증할 수 있었다.

"호테짱한테도 사진 보낼 테니까, 연락처 교환할까?"

"알겠어요."

"코토부키 씨?! 이 위험한 여자한테 연락처 줘도 되겠어요?! 후회하는 거 아니에요?!"

"상관없어요. 이 사진을 손에 넣을 수 있다면, 저는 상대가 악마일지라도 계약하겠어요."

코토부키는 단호하게, 준에게 스마트폰을 내밀었다.

"그렇게까지 하는 심까……."

"감격! 우리 우정의 증표로 대기 화면으로 할게, 호테짱!"

"좋은 생각이네요. 친애의 증표로 대기 화면으로 사용할게요, 미야카와 선배."

코토부키는 담담하게 대답하며, 받은 사진 데이터에서 준이 있는 오른쪽 부분을 담담하게 앱으로 잘라냈다.

준한테서는 코토부키의 스마트폰 화면은 안 보였을 테니까, 카이도 아무것도 못 본 것으로 했다.

그리고 잠시, 준과 코토부키는 서로의 스마트폰 화면에 있는 사진을 기쁜 듯 바라봤다.

그렇다, 코토부키까지 뺨이 풀어진 모습이었다.

카이도 스마트폰 대기 화면으로 이것을 사용할 용기는 없었지만 소중히 따로 폴더를 만들어서 보관했다.

결국 아이스크림은 셋이서 하나씩 먹고, 남은 것은 나카무라가에 맡기게 되었다.

"부엌에 가는 김에 숟가락 가져올게."

코토부키는 망설인 끝에 그린티 컵을 들고, 카이가 남은 아이스크림을 봉투에 담아서 가져갔다.

냉장고에 넣어두면 썩지는 않으니까 안심이다.

'엄마랑 누나가 멋대로 먹는 일 없게 주의해야겠지.'

1층으로 내려와서, 저녁 채비를 하던 어머니한테 단단히 말해두었다.

금속제 숟가락을 세 개 받아서 가능한 한 빨리 방으로 돌아갔다.

낯을 가리는 코토부키를 준과 단둘이 두는 것은 가여우니까.

'그렇지만, 생각했던 것보다는 괜찮은 분위기일까? 준이 절묘하게 기가 죽지 않으니까 말이지. 이번에는 조금은 그러라는 느낌이지만.'

쓴웃음 지으며, 더 이상 트러블은 벌어지지 않으리라 얕보았다.

뭐― 경솔한 생각이었다.

2층으로 돌아와서 별 생각 없이 자기 방의 문을 열――.

"⋯⋯이건 대체 무슨 상황이야⋯⋯."

──었더니 그곳에는, 상의를 모두 벗은 준이 생글생글 양손으로 가슴을 가린 모습과, 그 이른바 손 브래지어 상태를 지근거리에서 빤히 보고 있는 코토부키가 있었다.

"여기가 천국이냐. 아니, 지옥도냐."

카이는 무슨 표정을 지으면 좋을지 알 수가 없어서, 일단 돌아서 방을 나왔다.

준이 브래지어를 입고 옷을 걸칠 때까지 기다리기를 잠시──.

"이제 괜찮아."

장본인이 안에서 문을 열고, 에헤헤 수줍은 미소를 머금은 얼굴을 내비쳤다.

"부끄러워할 정도라면 하지 말라고⋯⋯."

방으로 들어가며 카이는 기가 막혔다.

"어쩔 수 없잖아, 호테짱을 위한 일이니까."

"그건 어쩔 수 없는 건가⋯⋯?"

그보다도 코토부키를 위해서 가슴을 드러낸다니, 그거 무슨 시추에이션?

"호테이가 가르쳐 달라고 그러길래──, 내가 레이나한테 배운 바스트업 요령을 해설했어."

"와──! 와──! 와──!"

코토부키는 카이에게 알려주고 싶지는 않았는지, 드물게도 큰소리를 내며 준의 설명을 가로막으려고 했지만 훤히 들렸다.

"······그보다도 레이나 씨, 의외로 부단히 노력하는구나."

"오히려 레이나는 미용에 대해서, 노력의 화신이라고? 모델 지망인데?"

"그건 그런가."

그 이야기는 납득하며,

"하지만 이건 아니지―. 남자 방에서 가슴을 내놓는 건 진짜 아니라고."

이 부분은 납득할 수 없는 카이.

"나는 호테짱을 위해서 벗었어!"

"잘난 척해 봐야······."

게다가 문제는 그 부분이 아니니까.

"따, 딱히 뭐 어때, 나랑 카이 사이인데. 친구끼리 새삼스럽게."

"괜찮겠어―?"

그럼 너, 내가 너희랑 놀러 가서, 네가 살짝 자리를 비운 틈에, 내가 빳빳한 상태가 되었다면 어떻게 생각할래?

그렇게 딴죽을 걸려고 했지만, 너무나도 천박해서 스스로가 먼저 쫄아서 그만뒀다.

"애당초 말이지, 카이가 갑자기 방으로 들어오기 전에 노크를 하면 되잖아? 카이는 항상 노크하라고 시끄럽게 굴면서."

"미안 그건 내가 전적으로 잘못했어!"

입술을 삐죽이는 준에게 카이는 엎드려서 사죄.

한편 코토부키는 카이에게 미안하다는 듯,

"가벼운 기분으로 질문했는데, 설마 미야카와 선배가 벗을 줄은 몰라서…….”

'하지만 그런 것치고는 빤히 보고 있었지? 흥미진진했던 거지?'

그렇게 생각했지만, 카이는 세심한 남자니까 입을 다물었다.

“하지만 벗는 게, 그 요령의 위치를 확실히 알 수 있으니까!”

준은 잔뜩 위세등등하게 말했지만, 이건 카이 앞에서 수줍음을 감추려는 것이었다.

뺨이 어렴풋이 붉었다.

'나도 거북하다고. 친구의 손 브래지어라니, 어떻게 반응하면 좋을지 모르겠어.'

카이는 어흠어흠 헛기침을 하고,

“노, 녹기 전에 아이스크림 먹자고!”

“기, 기껏 사온 거니까요.”

“그, 그다음에 게임이라도 하자!”

셋이 공범이 된 표정으로, 아무것도 없었다는, 못 봤다는 것으로 했다.

내 여사친이
최고로
귀여워.

선배 게이머의 초심자 플레이어 접대술
~그래, 협력 플레이하자~

episode 004

아이스크림도 다 먹었겠다, 무언가 게임이라도 하자는 이야기가 나왔다.

카이를 한가운데 셋이 침대에 앉아서 텔레비전과 마주했다.

"두 분은 평소, 무슨 게임을 하시나요?"

코토부키의 질문에 카이는 준과 얼굴을 마주봤다.

"전차전이라든지 해전?"

"그리고 최근에 또 몬헌 열기가 다시 불붙어서."

초대형 확장 컨텐츠인 '아이스본' 발매일이 정식 발표되어 기쁜 나머지 준과 절규하며 하이파이브를 마구 펼친 것이, 불과 열흘 전의 일이었다.

"뭐, 전차랑 해전은 마니악하니까 제쳐두고――."

"호테이는 몬헌 한 적 있어?"

"죄송해요. 동생이 옛날에 3DS로 플레이하는 건 본 적 있는데, 저는……."

코토부키는 면목 없다는 듯 절레절레 고개를 가로저었다.

가련한 그 모습을 본 준이, 가슴이 괴로운 듯 몸부림쳤다.

일일이 반응 오버네, 이 녀석.

"코토부키 씨는 평소에 어떤 게임을 하시나요?"

반대로 되묻는 카이.

코토부키는 애니메이션 오타쿠다.

자기 취향의 내용인지를 자신의 눈으로 확인하기 위해, 방영하는 모든 애니메이션의 1화는 반드시 시청한다는 강자다.

반면에 만화나 라이트노벨은 그다지 즐기지 않는다.

특히 만화는 금세 다 읽어 버리니까 가성비가 나쁘다는 말을 거리끼지 않았다.

코토부키는 얼마 전까지 중학생이었고 알바를 시작한 지 아직 3개월도 안 되어서, 그때까지 적은 용돈을 아껴서 썼다는 것은 대화를 나누다 보면 알 수 있었다.

무료로 시청이 가능한 애니메이션이 메인 컨텐츠인 것은 어떤 의미로 당연하다고 할 수 있었다.

하지만 그러고 보니 게임을 얼마나 즐기는지, 코토부키에게 직접 들은 적이 없었다.

"Switch는 동생이 가지고 있어서요. 남매가 같이 마리오 카트나 스매시 브라더스를 가끔씩 한다고 할까, 어쩔 수 없이 상대해 준다고 할까."

그 말에서는, 액션 게임은 서툴다는 문맥이 넘쳐 나오고 있었다.

카이는 준과 얼굴을 마주보고, 둘이서 '아, 알겠다'라는 표정을 지었다.

"PS4는 없어요. 동생이 가지고는 싶어 하지만……."

"뭐, 비싸겠지요."

카이 주위에도 Switch랑 둘 다 가지고 있는 사람은 소수라서,

각자가 플레이하고 싶은 게임 경향에 맞추어서 둘 중 하나를 가지고 있든지, 아니면 둘 다 못 사는 것이 보통이었다.

그런 점에서 자신이나 준은 게임에 이해가 있는 가족 덕분에 중학교 시절부터 양쪽 기기를 얻을 수 있어서 혜택을 받은 것일지도 모른다.

"그렇다면 모바일 게임은 어때?"

그러나 요즘 중고생에게는 강력한 동료가 있다.

예를 들어 게임기를 가지고 있지 않은 아이라도, 스마트폰을 가지고 있는 아이는 많다.

"아, 그거라면. ……무과금에, 가끔 건드리는 정도의 즐겜러지만요. 『스쿠페스』는 옛날부터 친구도 하고, 『던메모』는 SD 캐릭터가 귀엽고 스토리도 엄청 좋아요."

"『페그오』는?!"

카이는 잡아먹을 기세로, 가장 빠져 있는 모바일 게임에 대해서 물었다.

그저 동료를 원하는 마음이었다.

"『페그오』는?!"

준도 마찬가지로 잡아먹을 기세로, 가장 빠져 있는 모바일 게임에 대해서 물었다.

그저 동료를 원하는 마음이라는 얼굴이었다.

"죄, 죄송해요……. 가을에 애니메이션을 한다니까 흥미는 있지만……. 아무래도 문턱이 높은 게임이라는 이미지가."

이제까지는 할 기회가 없었다고, 코토부키가 참회하듯 말했다.

"저, 저기, 저도 시작하는 편이 나을까요……?"

"……아니, 그렇게까지 할 필요는 없어, 호테짱."

"……준의 말이 맞아요. 게임은 강요할 게 아니에요."

그것은 두 사람의 완전한 진심이었지만, 시무룩하게 풀이 죽고 마는 것도 본심인 카이와 준.

약한 멘탈의 코토부키가 과도하게 걱정하며 한순간 장례식장 같은 분위기가 되었다.

"아, 아니, 지금은 모바일 게임은 아무래도 상관없잖아!"

"세, 셋이서 즐길 수 있는 게임 이야기를 하죠."

"이, 이야기가 벗어나 버렸네!"

일단 코토부키가 그런 게임을 즐기지 않는다는 것은 알았다.

그리고 액션 게임이 서투른 모양이라 셋이서 즐기기에는 지장이 있었다.

여럿이 플레이하는 게임은 대부분 액션 요소가 강하니까.

"저, 저 마리오 카트라면 잘해요. 동생한테도 안 져요."

두 사람의 안색을 살피던 코토부키가 귀엽게 주먹을 쥐고서 어필했다.

준이 "윽, 기특해"라며 또다시 가슴이 괴로운 듯 몸부림쳤다.

그것은 무시하고,

"참고로 코토부키 씨는, 쿵쿵 유적 타임 어택 최고 기록은 어느 정도인가요?"

"예? 최고 기록이요?"

그런 걸 파악하는 거야? 그런 표정으로 당황하는 즐겜러 코토부키.

보통은 파악해 두지 않나? 그러면서 놀란 표정으로 마주보는 빡겜러 두 사람.

"시, 시험해 볼게요."

"그 의지, 높이 살게요."

"응원할 테니까, 호테짱!"

텔레비전 화면 모드로 Switch를 켜고 Joy-Con을 건넸다.

코토부키가 비장함마저 느껴질 만큼 진지하게, 타임 어택에 도전했다.

카이와 준이 조마조마한 심정으로 텔레비전을 지켜봤다.

그곳에는———.

드리프트라는 개념을 잊고 코스 위의 쿵쿵에게 잔뜩 가로막히는 피치 공주의 모습이 있었다.

타임은 미루어 짐작할 수 있을 것이다.

얼른 아이콘택트를 하는 카이와 준.

'큰일이야, 준! 핸디캡을 얼마나 줘야 게임이 성립될지 짐작이 안 가!'

'어쩌지, 카이! 나, 호테짱을 괴롭히고 싶지 않아!'

코토부키가 Joy-Con를 붙잡은 채, 부들부들 떨었다.

멘탈 약자이기에 지나치게 분위기를 읽는 그녀가, 두 사람의 아이콘택트가 무슨 뜻인지 놓칠 리가 없었다.

"……허접이라 죄송합니다…… 죄송합니다."

"괘, 괜찮아, 게임이야 본인이 즐기는 게 전부니까!"

"……저랑 마리오 카트를 해도…… 두 분은 즐겁지 않겠죠."

"그, 그렇지 않아! 이 언니, 접대 플레이도 특기야!"

좌우에서 달랬지만 코토부키는 어깨를 풀썩 떨어뜨릴 뿐이었다.

그보다도 준이 지금 한 말은 실언이잖아?

"어쩌지, 카이!"

"나한테 의지하는 거냐!"

"남자의 능력을 보여줘~♥ 나랑 호테짱을 구해줘~♥"

뻔뻔스러운 준의 아양 떠는 보이스에 떨떠름한 표정을 지었다. 그렇지만 어떻게든 해야 하는 것은 사실이라──.

"그렇지, 협력 플레이하자."

생각한 끝에, 카이는 떠올렸다.

확실히 대전 플레이의 경우, 피아의 역량 차이가 지나치게 크다면 게임이 성립되지 않는다. 그저 학살이 벌어진다. 하지만 협력 플레이인 게임이라면, 한 사람이 미숙하더라도 나머지 두 사람이 도와주면 된다. 오히려 분위기도 좋아질 테고, 인연이 깊어진다. 이것이야말로 선배 게이머의 초심자 플레이어 접대술.

"협력 플레이라면, 전차?"

"──는 너무 마니악하니까, 몬헌?"

"몬헌도 뉴비는 죽어 나가는 게임이라고 생각하는데……."

"윽. 부정할 수 없네."

선배 게이머의 초심자 플레이어 접대술, 완결.

나카무라 카이 선생님의 다음 작품을 기대해 주세요.

"괜찮아요, 선배. 한번 해볼게요."

하지만 코토부키가 어쩐지 창백해 보이는 얼굴로 양쪽 주먹을 꽉 쥐었다.

준이 "윽, 기특해" 하며 또— 다시 가슴이 괴로운 듯 몸부림 쳤다.

카이는 살짝 불안을 느끼며 PS4를 켰다.

시험 삼아 하는 만큼, 장비도 모두 갖추어진 자기 캐릭터를 코토부키에게 사용하도록 했다.

카이가 선택한 역전왕 방어구로 탄탄하게 방어하고, 스토리상 처음으로 싸우는 가장 약한 보스 몬스터인 하위 도스쟈그라스를 잡게 만드는 정도가 적절할 것이다. 그런 식으로 준과 논의했다.

"문제는 무기겠네——."

몬헌에는 '한손검'이라든지 '건랜스' 등 다양한 무기 종류가 존재하고, 무엇을 사용하는지에 따라서 게임성이나 조작성이 크게 달라진다.

카이의 말로는, "무기를 다섯 종류 쓴다면, 게임이 다섯 배 즐거워진다".

그만큼 깊이 있는 요소인 것이다.

하지만 바로 그렇기에, 코토부키에게는 신중하게 주어야만 한다. '랜스'나 '헤비보우건'처럼 숙련자용 무기를 들려주는 건 당치도 않다.

　카이와 준은 동시에 결론에 다다랐다.

　"역시 초심자한테는 대검일까."

　"역시 초심자한테는 한손검이겠지."

　그 순간── 시선이 부딪치고 불꽃이 튀었다.

　"몬헌은 어떻게 몬스터의 틈을 발견하고 그것을 신중하게 찌르느냐, 그게 본질적인 게임이야. 그걸 배우기에 적절한 게 대검이라고."

　"허어? 버튼을 연타해서 착착 베는 게 몬헌의 참맛인데요? 그러려면 한손검이나 쌍검, 하나인데요?"

　"둘이잖아! 그보다 준은 섬세함이라고는 전혀 없는 운빨 플레이만 하니까, 아무리 플레이해도 실력이 늘지가 않는다고. 내 분진이 바닥난다고. 대검으로 기초부터 다시 배우고 와."

　"허어? 초심자한테는 한손검을 추천한다고 어느 잡지에든 공략본에든 사이트에든 적혀 있는데요? 애초에 디폴트가 한손검이니까, 공식 커플링이라고 해도 과언이 아닌데요?"

　──그렇게.

　카이와 준의 논쟁은 서서히 달아올랐다. 하지만,

　"……미안해요, 선배님들. 제가 모르는 이야기로 즐겁게 싸우는 건 그만하시겠어요?"

　눈동자 안쪽을 활활 불태우며 얼굴만 웃고 있는 코토부키가 무서웠기에, 바로 입을 다물었다.

　"내, 내 캐릭터니까, 대검으로 하자고?"

"전혀 논리가 성립되진 않지만, 호테짱이 화내는 건 싫으니까 그걸로 됐어."

합리적이며 원만하게 결정되었다.

코토부키는 대검——그것도 최강 장비 중 하나, '용열기관식【강익】+'——를 사용하기로.

질 리가 없는 싸움으로, 이 게임이 어떠한 것인지 체험해 주었으면 좋겠다.

잘 되면 이 게임의 재미를 알아주었으면 좋겠다.

카이도 준도, 이 두 마음에 거짓은 없었다.

그렇다, 직접 만든 무기 하나를 파트너로(실제로는 카이가 마련한 최강 장비), 자신보다 큰 괴물에게 용감하게 도전하는(실제로는 질 리가 없는 싸움), 그 고양감을 즐겼으면 좋겠다.

커다란 몬스터를 척척 베고 그 거구로 펼치는 공격을 슥슥 피하는, 원시적인 쾌감을 느꼈으면 좋겠다.

——그런 마음을 담아서 코토부키에게 컨트롤러를 건넸다.

"갈게요."

새로운 기개로, 패드를 움켜쥐는 코토부키.

그녀가 조작하는 헌터가 게임 안의 밀림을 헤맨다.

그러나 코토부키는 처음에야 긴장하고 있었지만 자유롭게 탐색하는 사이에 그것도 풀렸다.

"역시 PS4는 그래픽이 굉장하네요. 정글이 리얼해요."

"이 예쁜 빛을 따라가면 되는 거죠?"

"아하. 이 커다란 버섯, 딸 수 있네요. 맛있을 것 같은 색깔인데요."

"헌터는 굉장하네요. 물속에서 무한하게 호흡할 수 있어요."

등등.

말이 많은 것은 즐긴다는 증거였다.

몬헌의 독특한 조작성에 익숙하지 않은 코토부키가 조작하는 헌터의 움직임은 삐걱거리고 샛길을 잔뜩 돌아다녔지만, 그래도 착실하게 도스쟈그라스가 있는 곳으로 나아갔다.

카이와 준도 맞장구를 치거나 태클을 걸거나 진지하게 조언하거나, 신이 났다.

시리즈를 파고든 두 사람의 입장에서야 이미 정글에 버섯이 자라는 것 정도로는 신경도 쓰지 않았다. 직업 군인처럼 똑바로 보스 몬스터가 있는 곳으로 나아간다, 사냥한다, 갈무리한다, 레어 소재가 나오지 않았다고 혀를 찬다── 까지를 루틴처럼 소화한다.

하지만 코토부키가 즐기는 모습은, '나도 처음에는 이렇게 두근두근했지'라는 일종의 향수를 카이에게 느끼게 해주었다.

하지만 소풍 기분은 여기까지였다.

코토부키가 조작하는 헌터가 드디어 보스 몬스터와 조우했다.

도스쟈그라스는 개구리와 악어를 합친 것 같은, 꺼림칙하면서도 어딘가 우스꽝스러운 외모다.

상대는 아직 이쪽을 알아차리지 못하고 밀림 속을 어슬렁대고 있었다.

그러나 코토부키는 다가가려 하지 않고 화면 앞쪽을 어슬렁거렸다.

"뭘 하는 걸까요, 코토부키 씨?"

"무, 무서워서 못 가겠어요."

"게임이니까요. 있는 힘껏 팍팍 가자고요."

"하지만 무서워서."

코토부키는 아무래도 자기 캐릭터에게 감정이입을 하는 타입인 듯했다. 게임 안에서 공격을 받으면 무심코 아얏 하고 말하는 사람. 있지.

"괜찮아, 호테이. 그 장비라면 긁혀도 거의 대미지 없으니까. 일단 안 죽으니까. 그보다도 우선은 언니가 견본을 보여줄까?"

"피, 필요 없어요. ……갈게요."

준이 간드러지는 목소리로 도움을 제안하자, 코토부키는 갑자기 오기가 생긴 것처럼 공격에 나섰다.

도스쟈그라스는 아직 이쪽을 알아차리지 못했다.

태평하게 엉덩이를 향한 채, 거의 움직이지 않았다.

초보 중의 초보 퀘스트니까 난이도는 낮다.

그리고 코토부키가 조작하는 헌터가 삐걱대는 움직임으로 다가갔다.

자신의 몸보다도 거대한 검을 들어 올렸다.

현실에서는 절대로 불가능한, 게임 특유의 호쾌한 장면.

그리고 코토부키 씨는 호쾌하게 도신을 내리찍었다.

도스쟈그라스──의 바로 옆 지면에.

응, 이건 호쾌한 헛스윙이네요.

곧바로 아이콘택트를 하는 카이와 준.

'큰일이야, 준! 어째서 움직이지도 않은 몬스터도 못 맞추는 거야?!'

'어쩌지, 카이! 우리 할머니가 호기심으로 플레이했을 때 이런 느낌이었어!'

그 분위기를 읽은 코토부키가 패드를 움켜쥔 채 수치심으로 시선을 헤맸다.

덕분에 우뚝 선 헌터가, 이제는 이쪽을 알아차리고 덮쳐든 도스쟈그라스에게 흠씬 두들겨 맞고 있었다.

"코토부키 씨, 맞고 있잖아!"

"호테짱 도망쳐─!!!"

"어, 어, 저기, 어떻게?"

코토부키는 자신보다도 큰 검을 든 채, 느릿느릿 우왕좌왕했다.

완만한 그 움직임을 비난하듯 도스쟈그라스가 쿡쿡 찔러댔다.

몬헌에서 '대검'이라는 무기는 일격의 위력이 큰 반면에, 들고 서 자세를 잡은 상태에서는 헌터의 동작이 거북이처럼 느려지는 시스템이었다.

그래서 발도와 함께 한 번 베면 곧바로 다시 집어넣는 것이 기본 동작.

이미지로 그리자면 거합 베기?

그 사실은 처음에 가르쳐 줬지만――.

"코토부키 씨, 우선은 ㅁ 버튼으로 검을 집어넣어요."

"하고 있는데 안 돼요, 선배!"

화면 안에서 헌터가 칼을 집어넣으려는 참에 도스쟈그라스가 날려버리고, 납도 동작이 캔슬되었다.

"마구잡이로 ㅁ 버튼을 눌러봐야 안 돼요. 몬스터의 틈을 보고서 누르는 거예요."

"예? 예? 어디에 틈이 있는 거죠?"

화면 안에서 헌터가 칼을 집어넣으려는 참에 도스쟈그라스가 날려버리고, 납도 동작이 캔슬되었다.

덕분에 코토부키는 계속 발도한 상태로, 거북이 같은 스피드에서의 전투를 강요당하고 있었다.

도망치는 것조차 발도 상대의 느린 움직임으로는 불가능했다.

"대검은 코토부키 씨한테 안 맞았나……?"

"그거 봐――."

준이 팔꿈치로 쿡 찌르니 아무런 반론도 못 하는 카이.

끝내는 쟈그라스(대형견 사이즈의 도마뱀과 닮은 몬스터) 무리까지 와르르 찾아와서, 코토부키가 조작하는 헌터를 포위하고 습격했다. 사방팔방에서 물어뜯고는 떠밀어 쓰러뜨렸다.

"우와――. 호테쨩이 웃길 정도로 레●프 당하고 있어――."

"외, 외설스러운 표현은 하지 마세요."

"성희롱이라고, 준!"

코토부키와 카이의 항의에 준은 미안미안, 사과했다.

하지만 말이 통하는 인간과 달리, 쟈그라스들은 기다려주지 않았다.

코토부키(가 조작하는 헌터)를 포위한 채, 연이어 물어뜯었다.

카이가 준비한 최강 장비 덕분에 대미지는 거의 0.

하지만 아무리 약한 공격이라도 당하면 헌터가 한순간 경직되어 버리는 것이 몬헌의 시스템이었다.

기본 스텝을 이용한 회피로 상황을 벗어나야 하지만, 액션 게임 센스가 전무한 코토부키에게는 어려웠다.

아무것도 못 하는 상태 그대로, 기나길게 당하기만 했다.

"우와―. 호테이가 『큭 죽여라』 상태가 되었어―."

"야, 얇은 책이 아니니까요."

"성희롱이라고, 준!"

코토부키와 카이의 항의에 준은 미안미안, 사과했다.

하지만 말이 통하는 인간과 달리, 쟈그라스들은 물어뜯는 것을 그만해주지 않았다.

코토부키(가 조작하는 헌터)는 한없이 능욕당하고―― 죽었다.

탄탄한 방어구를 장비하고서도 ★2 퀘스트에서 숨이 끊어진 것이었다.

"……저…… 이 게임 싫어요."

코토부키는 눈물을 글썽이며 패드를 움켜쥐고, 부들부들 떨었다.

"……미안해, 캡콤. ……포교에 실패한 칠칠치 못한 나를, 비웃어 주시길."

카이는 하늘을 올려다보며, 정말로 좋아하는 게임 제작사에게 참회했다.

"……죄송해요. ……저, 재미없는 아이라서 죄송해요. ……부디 저 같은 민달팽이는 내버려 두고, 두 분이서 몬헌을 즐겨주세요. ……살아있어서 죄송해요."

완전히 위축되어버린 허접 멘탈 코토부키 씨가, 침대 위에서 무릎을 끌어안고는 벽을 향해 중얼중얼 말했다.

("어떻게 할 거야, 카이! 책임져! 활기차던 내 호테짱을 돌려달라고!")

("코토부키 씨가 언제 네 거가 됐는데!")

카이는 준과 아이콘택트를 하며 작은 목소리로 말싸움 상담 중이었다.

("그보다, 새삼스럽지만 나, 깨달았는데…….")

카이는 마이 텔레비전과 마이 PS4를 돌아봤다.

("뭔데—? 변명이라면 들어줄 생각 없는데요—?")

준은 **그 옆에 놓여 있는** 텔레비전과 PS4를 돌아봤다.

그렇다, 둘이서 몬헌이나 WOT 멀티 플레이를 즐기기 위해, 이 방에는 텔레비전과 PS4가 두 대씩 놓여 있는 것이었다.

준이 굳이 자기 전용 물건을 가져다놓았다.

남의 집 Wi-Fi까지 재킹해서 인터넷의 바다에도 접속하는 것

Illustrations © mmu

이었다.

("코토부키 씨도 같이 몬헌을 하려면, 한 대가 더 필요……하겠지?")

조금 더 빨리 깨달아야 했다. 정말로 새삼스러운 소리였다.

그럼에도 불구하고,

("아, 그거라면 문제없어. 이번 주 중으로 해결돼.")

준은 간단히 부정했다.

영문을 알 수 없었다.

("허어? 무슨 소리야, 준?")

("호테짱용 텔레비전이랑 PS4를 주문해 뒀으니까, 주말에는 올 거야.")

("그렇게까지 하는 거냐!")

시원스럽게 즉답한 준에게 카이는 바로 딴죽을 걸었다.

("하지. 당연하잖아.")

("하나도 안 당연한데?")

("그러니까 사랑인걸! 호테짱이랑 같이 놀기 위해서라면, 나는 뭐든 할 수 있어.")

("그러니까 네 사랑, 너무 무겁다고. 지금 바로 취소해.")

텔레비전과 PS4를 합해서 대체 몇만 엔을 바칠 생각이냐고, 카이는 너무나도 어이없었다.

("그보다 너, 돈 없다고 엄청 시끄러웠잖아? 그 돈 어디서 나온 거야? 장기라도 팔았어?")

("오빠들한테 졸랐어, 에헷.")

("또 오빠한테 부탁했냐!")

("우리 오빠들 다정하니까 말이지―.")

("시스콘도 정도가 있지! 잘도 그런 비싼 거, 척척 잘도 사주는구나…….")

("평생의 한 번인 소원으로 해버렸어, 에헷.")

("네 평생에 한 번인 소원, 앞으로 몇 번이나 남아 있는건데?")

더는 딴죽이 따라가지를 못했다.

("그보다 카이, 지금은 그런 이야기 아무래도 상관없잖아.")

("있어! 엄청 상관있어! 오빠한테 PS4를 받아낸 책임에서 도망치지 마!")

("카이야말로 호테짱을 폐인으로 만든 책임과 맞서 싸워.")

("죄송합니다!")

카이는 침대 위에서 넙죽 엎드렸다.

그리고 코토부키의 멘탈을 부활시키기 위한 아이디어를 짜냈다.

역시라고 해야하나, 이번에야말로 셋이서 즐겁게 놀 수 있는 게임을 찾아내는 것이 특효약이리라.

그럼 어떤 게임이라면 코토부키도 즐길 수 있을까?

'으음……. 파티 게임은 기본적으로 스매시 브라더스같이 액션 요소가 강한 것밖에 모르니까 말이지.'

곤란한데. 약하다고.

하지만 이 궁지를 타개하기 위한 아이디어가, 하늘의 계시처럼 카이의 뇌리에 찾아왔다.

("좋아, 떠올랐어.")

("오. 들어보지요.")

("프린스 선생님한테 조언을 받자!")

("카이도 우리 오빠한테 의지하잖아!")

준이 딴죽을 걸었지만, 몰라몰라.

그곳에 울고 있는 아이가 있다. 도울 수 있다면 무엇이든 하겠다.

프린스 선생님은 카이도 존경하는 헤비 게이머다.

'JJ', 'jyunjyun1203'이라는 닉네임으로 알려진, 몬헌 전문 방송인이 아니다. 다양한 분야의 컴퓨터 게임에 정통한 선배였다.

카이 같은 애송이로서는 해결할 수 없는 이 어려운 일도, 프린스 선생님이라면 틀림없이 도와줄 것이다.

'으—음,『바쁘실 텐데 죄송해요. 하나 물어보고 싶은 게 있는데요』——.'

LINE으로 연락을 시도했다.

준과 셋이 참가 중인 채팅방이었다.

금세 읽음 표시가 둘 붙었다. 프린스 선생님도 봤다는 증거였다. 징조가 좋다.

하지만 그것뿐, 그대로 넘어갔다.

("혹시 프린스 선생님, 오늘은 바빠?")

("그러고 보니 직원회의가 길어질 것 같다고 그랬던 것도 같은데…….")

("먼저 말하라고.")

으──음 때가 좋지 않다. 업무 중에는 읽기만 하도 패스하더라도 어쩔 수 없다.

카이는『바쁘신데 실례했어요. 다음에 가르쳐 주세요』라고 입력하려 했다.

하지만 한발 앞서──.

『오빠──, 부탁이야~』라고 준이 송신.

『추천은 얼티밋 치킨 호스겠네』라고 프린스 선생님이 즉답.

먼저 하라고.

카이는 석연치 않은 기분이었지만, 여하튼 원하는 정보는 손에 넣었다. 살았다.

("하지만 들어본 적 없는 게임이네.")

("Switch 게임인 것 같아.")

("1,480엔?! 싼데?!")

둘이서 스마트폰으로 조사했다.

바로 다운로드판을 구입했다.

싸다고는 해도 어디까지나 게임으로서는 싸다는 이야기라서 1,500엔의 지출은 뼈저렸다.

하지만 그래도 노래방에 가는 것이랑 비교하면, 역시나 가성비는 좋았다.

앞으로 오래 즐길 수 있는 가능성도 크니까.

("괜찮아괜찮아, 나도 바칠 테니까. 나중에 반 줄게.")

("바친다고 하지 마.")

("나도 호테짱한테 과금할 테니까.")

("더더욱 표현이 좋지 않아.")

그리고 소곤소곤 대화는 끝.

"코토부키 씨, 이 게임을 해보지 않을래요? 우리도 처음인데, 재밌을 것 같아요."

"우리 오빠 추천이야!"

둘 다 만면의 미소로 권유했다.

"……신경 쓰시게 만들어서 죄송해요."

코토부키는 아직도 시무룩했지만, 언제까지나 칭얼거리고 떼를 쓸 정도로 어린애도 아니었다.

본체에서 뺀 Joy-Con을 1인당 하나씩 들고, 인터넷의 설명서를 참조하며 플레이했다.

'Ultimate Chicken Horse'는 최대 4인이 즐길 수 있는, 액션 파티 게임이었다.

플레이어는 닭, 말, 라쿤, 양 중에서 하나를 골라서 조작한다.

네 마리 모두 애교가 있으면서도 어딘가 거침없는 디자인이라, 여자팀에게는 귀엽다고 대호평.

스크롤 없이 좁은 스테이지 안에서 시작과 함께 골을 목표로 하는, 심플한 대전 게임인 것도 코토부키에게는 가산점.

그리고 이 부분이 게임의 핵심인데, 한 번 대결할 때마다 각 플레이어가 하나씩 장애물이나 함정이나 발판을 골라서 스테이지에 설치한다.

그러자 점점 클리어를 위한 난이도가 급격히 상승한다.

순식간에 '이거 TAS(Tool Assisted Speedrun. 프로그램을 이용해 빠르고 완벽하게 플레이하는 공략 영상류.) 씨가 아니고서야 클리어는 불가능한 거 아냐?' 같은 부조리한 난이도의 스테이지 완성이었다.

그렇게 라이벌들의 클리어를 방해하는 한편, 자신도 클리어가 불가능해서는 안 된다는 것이 딜레마라서, 그렇기에 '나는 클리어할 수 있지만, 라이벌들에게는 불가능한 난이도'의 함정을 찾아내어 스테이지를 만드는 것이 승리의 방정식이라 할 수 있을 것이다.

그렇지만 여러 사람의 의도가 겹치는 파티 게임에서, 그렇게 이상 그대로 일이 진행되지는 않는다.

기본은 서로 발목을 붙잡고, 클리어가 가능하다면 엄청난 행운이라는 망겜(칭찬의 말)이었다.

"그만해, 준! 끔찍한 각도로 석궁 설치하지 말라고! 죽잖아!"

"그러면서 카이는 골 앞을 체인소로 막잖아."

"두 분 다 귀축이에요. 이대로는 더더욱 부조리한 스테이지가 된다고요."

"크크크, 나는 이걸로 됐거든요. 득점 잠정 1위니까, 이대로 모두가 계속 클리어 못 한다면, 그건 내 승리예요."

"들었나요, 미야카와 선배? 지금은 우리가 협력해서, 클리어 가능한 스테이지라는 원점으로 되돌려 놓아야만 해요."

"어쩔 수 없네♥ 호테짱의 부탁이니까 말이지♥"

"계단 설치, 고마워요. 이걸로 체인소를 회피할 수 있겠어요."

"……그렇게 말하면서 계단에 가시를 놓는 건 어째선가요, 코토부키 씨?"

"아까 미야카와 선배가 설치한 의문의 꽃에 먹혀서 죽은 복수예요."

"미안해, 호테짱…… 그건 카이를 죽이기 위한 꽃이었다고오오오."

——그렇게 셋이서 시끌벅적.

온갖 부조리한 요소가 도리어 참을 수 없이 재밌었다.

함정으로 가득해진 스테이지를 보고는,

"이걸 어떻게 클리어하라는 거야! 적당히 좀 해!"

"카이도 함정 잔뜩 설치해 놓고 책임 전가 금지~."

그러면서 대폭소.

준이 교묘하게 조합한 빡센 함정에,

"……이거, 미야카와 선배도 클리어 못 하는 거 아닌가요?"

"절대로 못하지!"

또 대폭소.

아니나 다를까, 그 함정에 준 본인이 몇 번이나 빠지고,

"누구야, 이런 음험한 함정을 설치한 녀석!"

"그것 봐. 꼴좋다."

이번에도 대폭소.

자신이 설치한 함정에 자신이 걸릴 때마다 대폭소.

라이벌의 발목을 붙잡고 대폭소.

협력을 제안하고, 금세 배신하고서 대폭소.

배신당해도 대폭소.

이제는 끝도 없이 웃기만 했다.

항상 건방지게 새침한 코토부키조차 소리 내어 웃고 있었다.

부조리한 난이도의 망겜이니까, 액션 게임 실력이 거의 관계가 없어서 함께 잔뜩 즐겼다.

역시나 프린스 선생님의 선택이었다.

이것이야말로 바로 천재 게이머의 초심자 플레이어 접대술.

"후우…… 굉장한 하루였어……."

코토부키는 자기 방 침대에 엎드려서 베개에 얼굴을 파묻고 혼잣말했다.

시트 너머의 차가운 매트리스 감촉이, 목욕을 마치고 달아오른 몸에 기분 좋았다.

힘이 축 빠진 모습으로, 방과 후의 일을 되새김질했다.

처음으로 찾아간 카이네 집에서 실컷 놀았다.

준과 셋이서 게임을 하고, 텔레비전 애니메이션 녹화를 보고.

그 후에는 저녁까지 대접을 받고 말았다.

카이가 말했다시피 가족들은 다들 싹싹해서, 낯을 가리는 코토부키가 조금이라도 편할 수 있도록 미소로 맞이해 주었다.

참으로 따뜻하고 단란했다.

귀가가 무척 늦어졌기에 카이 어머니가 차를 이용하여 준과 함께 집까지 바래다주었다.

즐겁지 않았느냐고 하면, 거짓말이다.

여하튼 좋아하는 사람과 계속 함께 있었던 것이다.

하지만 지금, 기분이 밝은가 하면 결코 그렇지는 않았다.

'아~~~, 정말~~~, 뭐냐고~~~, 그 두 사람 왜 이렇게 사이가 좋아~~~~~~~.'

신음하며 스마트폰을 꺼냈다.

그리고 카이와 준과 셋이서 몸을 맞대고서 찍은 사진을 재확인했다.

준이 있는 곳만 잘라낸 사진도 만들었지만, 원래 데이터도 남겨둔 것이었다.

그때 준은 놀랄 정도로 자연스럽게, 게다가 찰싹 카이에게 달라붙어 있었다.

그래서 코토부키도 지지 않겠다며 대항심을 불태우며 부끄러운 것을 참고서 카이에게 달라붙었다.

한편 카이의 반응은?

'……『사진은 무섭다』『한순간의 진실을 포착해서 잘라낸다』라더니 정말이네.'

실망스럽게 스마트폰 화면을 노려봤다.

사진 안, 준과 코토부키가 양쪽에 달라붙은 상태의 카이는 수줍은 표정을 짓고 있었다.

그렇다면 얼굴부터 아래── 몸을 자세히 관찰해 보면 코토부키가 달라붙은 오른쪽은 긴장해서 굳어 있는 반면, 준이 붙어 있는 왼쪽은 릴랙스하고 있는 것을 볼 수 있었다.

'뭐야, 이 태도 차이~~~. 선배는 바보야~~~~~~!'

또다시 베개에 얼굴을 파묻고 두 다리를 바동바동 날뛰었다.

어떤 의미로 카이는 자신을 더 '여자'로서 인식한다는 증거일지도 모른다.

그렇다면 자신의 승리인가?

그런 단순한 결론을 내려도 될까?

준은 '여자'로 보지 않는다고 단언해 버려도 될까?

계속 두 사람을 관찰했지만, 코토부키는 아직 해답을 내지 못했다.

이 사진만의 이야기가 아니었다.

카이와 준은 코토부키에게 할 수 없는 이야기가 있을 때마다 자주 아이콘택트를 했다.

눈과 눈으로 서로 통한다── 말만큼 간단하지 않은 일을 당연하다는 듯이 해냈다.

오랫동안 함께 산 가족일지라도 무척 어려울 텐데.

만난 지 고작 일 년인 친구들이 그렇게까지 할 수 있을까?

'아~~~, 정말~~~, 부러워~~~. 나도 선배랑 그렇게 되고

싫어~~~~~!'

베개를 누군가 대신에 끌어안고 버둥버둥 몸부림쳤다.

확신한 것은, 신나게 게임을 한 뒤의 일이었다.

역시나 놀다가 지쳐서, 녹화한 애니메이션을 휴식 겸 시청하게 되었다.

침대 끝에 코토부키, 카이, 준 순서로 앉고, 오프닝이 막 시작되려던 그때── 믿을 수 없는 광경을 보았다.

준이 갑자기 벌러덩 드러누운 것이었다.

카이의 무릎을 베개로 삼아서!

게다가 카이도 그 행동을 지극히 자연스럽게 받아들이고!

'무릎베개잖아, 무릎베개! 보통 그런 걸 하냐고?! 남의 눈앞에서 하냐고?! 그러니까, 굳이 누군가에게 보여준다는 자각조차 없다는 거잖아?! '우리는 이게 일상입니다만'이야? 아~~~, 정말~~~! 여유를 넘어 관록마저 느껴져~~~~~~~~~!!!'

머리를 부여잡고 침대 위를 데굴데굴 굴러다녔다.

'그 두 사람, 정말로 사귀는 거 아니야?! 거짓말이지?! 사실은 러브러브한 거 아니야?! 일주일에 닷새나 알콩달콩하는 거잖아?! 집에서 데이트하는 거잖아?!'

일어나서는 베개를 침대에 퍽퍽 마구 두들겼다.

하지만 금세 숨이 차올라서 그만뒀다.

침대 위에 큰대자로 누워서 호흡을 가다듬었다.

그리고 다시 한번 스마트폰 화면을 봤다.

대기 화면으로 설정한, 카이와 둘이서 밀착한 사진.

미처 못 잘라낸 준의 팔이 나오기는 하지만, 욕심을 부릴 수는 없었다. 마음에 들었다.

하지만 대기 화면으로 설정하는 것은 오늘뿐이다. 내일은 다른 사진으로 교체할 것이다.

누가 봤다가는 부끄러우니까.

"하아…… 나 허접 민달팽이야……."

옛날부터 체력이나 운동 신경에는 자신이 없었다.

멘탈은 더더욱 두부.

'하지만…… 그런 나라도, 선배를 포기할 생각은 없어……. 강력한 라이벌이 있다고 해서 물러날 생각은 없어…….'

멍하니 천장을 바라보며 이해했다.

누군가를 좋아한다는 것은, 이런 것인가.

자각하자 갑자기 부끄러워져서, 몸을 뒤집어서는 붉어진 얼굴을 베개에 파묻었다.

몸부림치고, 다리를 버둥버둥거렸다.

한바탕 그런 뒤, 다시금 생각했다.

카이와 준의 관계를 돌아보고 다시금 살폈다.

두 사람에게 자각이 없을 뿐, 실질적인 애인 사이인가.

아니면 준에게는 자각이 있지만 제대로 감추고 있는가.

또는 애인 사이로 보일 정도로 친밀한 것뿐, 그야말로 친구 사이인가.

가까이서 관찰했지만 결국, 확신은 얻지 못했다.

다만 알게 된 것도 있었다.

매개체가 우정이든 연애 감정이든 무엇이든, 어쨌든 카이와 준이 범상치 않은 관계라는 사실.

그리고 준이 곁에 있는 한, 카이는 아마도 자신에게 넘어오지 않으리라는 사실.

그러니까 이대로는 자신의 마음이 이루어지지는 않는다.

이대로는 결코.

"……그렇다면. ……나는."

주말. 토요일. 카이는 알바 날이었다.

13시부터 꽉 채워서 여덟 시간 노동. 도중에 한 시간 휴식(저녁 시간)을 한 번 두고, 22시에 끝나는 휴일 시프트.

또한 근무 시간 취급으로, 15분의 휴식이 15시와 20시에 있다.

두 번째의 그 휴식 시간에, 사건은 벌어졌다.

"어라? 코토부키 씨?"

가게 뒤쪽의 탕비실(겸 휴게실)로 갔더니 코토부키가 혼자 앉아서 기다리고 있었던 것이다.

오늘, 이 후배의 시프트는 없었다.

무엇보다도 복장이 기묘했다.

어깨 부근도 대담하게 드러낸 캐미솔과, 준이 즐겨 입을 법한 완전 미니스커트의 조합. 초여름이 가깝다고는 해도, 평소의 코토부키라면 절대로 선택하지 않을 공격적인 코디네이트였다.

"혹시 알바 날짜를 착각했나요?"

의아하게 생각하는 속마음을 감추고 카이는 농담처럼 말을 건넸다.

"아뇨. 선배한테 용건이 있어서 기다리고 있었어요."

코토부키가 즉답했다. 음성은 어딘가 딱딱했다.

아니, 목소리만이 아니었다. 4인용 테이블에 오도카니 앉은 그 모습도.

표정까지 무언가 결심한 것처럼 보이는 것은, 카이의 착각일까.

무언가 인사 대신에 잡담이라도 나눌까 싶었지만 도저히 그런 분위기가 아니었다.

"용건을 말씀하시죠."

카이는 코토부키를 걱정하면서도 의식적으로 온화한 목소리를 만들었다.

맞은편에 앉으려고 했다.

하지만 한순간 먼저, 코토부키가 일어섰다.

바로 옆── 그것도 주먹 하나 정도의 지근거리까지 다가왔다.

역시나 심상치 않은 분위기였다.

카이는 눈을 크게 뜨며 순간적으로 주변을 살폈다.

점장 및 동료들은 모두 업무 중이었다.

자신이 쉬는 동안에는, 이쪽으로는 아무도 오지 않을 터.

남들의 시선을 신경 쓸 필요 없을 터.

코토부키 역시도 그것을 알고서, 이 장소 이 타이밍이라면 단둘이 있을 수 있다는 것을 알고서 기다린 것으로 여겨졌다.

"새, 새삼스럽게, 대체 무슨 일일까요?"

카이는 긴장을 감추려다가 실패했다. 목소리가 뒤집어지고 말았다.

이렇게 가까우니 그녀의 드러난 목덜미나 쇄골, 어깨 부근의 새하얀 피부가 어쩔 수 없이 시야에 들어와서, 힘들었다.

한편 코토부키는 갑자기 대답을 하지 않았다.

숨결도 닿을 법한 지근거리에서, 하지만 키 차이만큼 카이를 올려다보며, 무서울 정도로 진지하게 바라봤다.

카이와는 비교도 안 될 만큼 긴장했을 것이다.

안색까지 창백했다.

그리고 목소리와 입술을 떨며 말했다.

"저와 연인이 되어주세요── 카이 씨."

터무니없이 확고한 직구 승부였다.

가슴이 두근거렸다. 대체 무슨 일이지 대비하고 있었음에도 불구하고.

코토부키에게 명백한 말로 다시금 고백받은 것도, 이름으로 불린 것도, 모두 카이의 심장에 달콤한 충격을 주었다.

하지만 두근대고 있을 때가 아니었다.

"자, 잠깐만요, 코토부키 씨. 한동안은 테스트 기간이라던 이야기는?"

"못 기다려요. 지금 당장 여기서 대답해 주세요."

두부 멘탈 코토부키가 일체 시선을 피하지 않고 말했다.

얼마나 큰 각오, 결의를 가지고서 임했는지가 엿보였다.

코토부키라고는 여겨지지 않는 선정적인 이 복장도, 결코 그냥 입고 온 것이 아니었다.

"어째서 갑자기……."

카이로서는 알 수 없었다.

코토부키에게 어떤 심경의 변화가 있었는가.

무엇을 초조해하는 것인가.

하지만 코토부키는 가르쳐 주지 않았다.

대신에 다그치듯 말했다.

"미야카와 선배가 아니라, 저를 선택해 주세요."

"……으."

또다시 카이의 심장을 충격이 덮쳤다.

이번에는 아픔을 동반하는 충격이.

그것을 견디고 대답을 해야만 한다.

하지만 순간적으로 목소리가 나오지 않는 카이.

되풀이하는 이야기지만, 준은 애인이 아니다. 그러니까 어느 쪽을 고른다든지 그런 이야기는 이상하다── 그렇게 대답하는 것은 간단했지만, 그래서는 결코 코토부키에게는 해답이 되지 않을 것이다.

코토부키의 진의를, 카이는 정확하게 파악했다.

준과 함께 노는 것은, 이제 그만해 달라.

카이에게, 준이 애인이든 친구이든 관계없다.

코토부키만을 봐 달라.

절실하게 그리 호소하는 것이었다.

'역시…… 이렇게 되어 버리는 거야? 그게 여심이야……?'

모르겠다.

다만, 레이나의 예언은 적중하고 말았다.

준이냐 코토부키냐── 언젠가는 선택이 들이닥친다는, 그녀의 충고가 그대로 이루어졌다.

코토부키가 앞으로는 준과도 함께 놀고 싶다며 말해주었기에,
기우로 그쳤다고 생각했지만.

그 인식은 아무래도 물렀나 보다.

"……미안해."

카이는 괴로운 심정을 견디고, 힘겨운 아픔을 견디고, 대답
했다.

준과의 우정은 자신에게 그 무엇과도 바꿀 수 없는 것이다.

그것을 버리면서까지 코토부키와 연인이 될 수는 없다.

설령 그것으로 코토부키를 상처 입히게 될지라도, 자신의 마
음에 거짓말을 할 수는 없다.

단호하게 그리 대답하려고 했다.

하지만 할 수 없었다.

타인의 안색을 살피는 것에 뛰어난 코토부키가 재빠르게 방해
했으니까.

모두 말하기도 전에, 입을 막았다.

코토부키가 자신의 입술로.

키스를, 했다.

머릿속이 새하얘졌다.

피부에 소름이 돋았다.

카이에게, 태어나서 첫 키스.

아마 코토부키에게도 역시나.

예상하지 못한 기습이었다. 그야말로 회피 불가능.

코토부키는 눈을 감고, 발뒤꿈치를 세우고, 그야말로 열심히 입술을 바쳤다.

부드러운 감촉을 한가득 밀어붙였다.

만화 같은 곳에서는 자주 '마시멜로 같다'라고 표현되지만, 실물은 전혀 달랐다.

더더욱 부드럽고, 탄력이라고 부르기에는 너무나도 곱고 매끄러운 감촉이, 빨아들였다.

이런 관능적인 감촉의 마시멜로가 있다면, 엄청나게 유행했을 텐데.

'──아니, 즐길 때가 아니고!'

의식에 안개가 드리운 것처럼 멍해졌던 카이는, 퍼뜩 정신을 차렸다.

머리를 젖혀 코토부키의 키스에서 도망쳤다.

그러자 코토부키가 더더욱 발뒤꿈치를 세워서 카이의 입술을 쫓아왔다.

여자아이를 뿌리칠 수는 없었다.

그러니까 살며시 밀어내려고 코토부키의 양쪽 어깨를 붙잡았다.

드러난 맨살의 매끄러운 감촉도 그렇거니와── 깜짝 놀랄 정도로 가냘팠다.

남자와 여자가 이렇게까지 다른가 하고 놀랐다.

Illustrations © mmu

아니, 코토부키가 특별히 가냘픈 것일지도 모른다. 준과의 가벼운 스킨십은 이제 익숙했지만, 이렇게까지 부서질 것처럼 느낀 기억은 없었다.

그래서 카이는 세심한 힘 조절로, 신중하게 코토부키의 몸을 밀어냈다.

"……절, 싫어하나요?"

"아니야."

"하지만, 좋아하진 않는 거죠?"

"말장난은 하고 싶지 않아. 지금은."

서글퍼지고 말 테니까.

"저와 애인이 되어준다면, 매일 이렇게 키스할 수 있어요."

"……그만해."

"카이 씨가 바란다면, 좀 더 굉장한 것도……."

"이제 그만해. 부탁이니까."

카이는 고개를 내저었다.

잘 설명해서 타이르는 대신, 몇 번이고 몇 번이고, 고개를 계속 가로저었다.

"네 마음은 기뻐……."

코토부키를 나무라거나 책망할 생각은 털끝만큼도 없다.

마음 약한 그녀가 이렇게까지 대담한 행동에 나선 것이다.

엄청난 결심이었음은 상상하기 어렵지 않았다.

"하지만, 이런 일을 한다면…… **더 이상 만날 수도 없게 돼.**"

아무리 키스를 하더라도 코토부키의 마음에는 응할 수 없다.

그야 자신에게도 성욕은 있다.

하지만 몸이 기분 좋을 뿐, 마음이 따라오지 않는다.

그리고 애인이 될 수 없는 이상, 다가오는 코토부키에게 카이가 책임을 다하는 방법은, 거절이라는 수단밖에 없다.

그 궁극이, 두 번 다시 만나지 않는다는 선택지다.

하지만, 그것은 너무나도 슬프다.

참을 수 없이 슬프다.

과연── 코토부키는 이해해 줄까?

그녀의 가냘픈 두 어깨를 붙잡은 채, 그녀의 얼굴을 가만히 바라봤다.

하지만 그녀의 표정을 살필 수는 없었다.

코토부키는 이미 카이의 눈을 쳐다볼 수가 없다는 듯, 깊이 고개를 숙이고 있었다.

떨어지는 눈물이, 그녀의 뺨을 또르르 흘러내리는 모습만이, 카이의 시야에 비쳤다.

"코토부키 씨!"

"……미안해요, **선배**."

코토부키는 카이의 손을 뿌리치듯 발길을 돌렸다.

그리고 도망치듯 급탕실에서 나갔다.

"코토부키 씨, 기다려 줘!"

"나중에 연락할게요! 일 열심히 하세요!"

코토부키는 출입구를 내팽개치듯 손을 뒤로 돌려서 닫았다.

쫓아가느냐 쫓지 않느냐, 카이는 잠시 고민하고 결국 후자를

택했다. 아무리 그래도 무단으로 알바를 땡땡이칠 수는 없고, 점장과 직원들에게 설명하러 가는 동안에도 코토부키는 떠나버릴 것이다. 연락을 주겠다는 코토부키의 말을 믿을 수밖에 없었다.

"젠장⋯⋯."

카이는 무심코 감정 섞인 말을 내뱉었다.

급탕실을 뛰쳐나가는 코토부키의 뒷모습은 평소보다 훨씬 작게 보였다.

자신이 더더욱 어른이었다면 코토부키를 울리지 않고 제대로 상황을 수습할 수 있었을까, 그저 분할 뿐이었다.

하지만 이것이 솔직히 말해 카이의 최선이었다.

그야말로 혹시 레이나에게 사전에 충고를 받지 않았다면——준과의 우정과 비교해서 무엇이 더 소중한지 제대로 재확인하지 못한 상태에서 갑자기 키스를 당했다면, 어차피 사춘기 남자인 자신은 성욕 앞에 간단히 굴복했을지도 모른다.

그것을 생각하면 흐름에 넘어가지 않은 만큼, 제대로 대처한 것일지도 모른다.

"아~~~~~, 진짜~~~~~~~~~~~!"

한심할 정도로 탄식했다.

코토부키에게, 그런 미소녀에게 키스를 받는데도, 전혀 기쁘지 않은 이 상황.

게다가 처음이었는데.

키스는 어떤 맛이 날까? ——이것도 만화에서 흔한 이야기다.

막상 해봤더니, 현실에서는 아무런 맛도 안 났지만.

하지만 자신의 퍼스트 키스는 그저 뒷맛이 나쁜 결말이 되어 버렸다.

◇ ◆ ◇

다음 일요일.

카이의 기분은 아직 밝지 않았다.

그보다도 악화되고 있었다.

점심식사 후, 자기 방으로 돌아가서는 곧바로 스마트폰을 확인했다.

LINE의, 코토부키와의 대화창.

『오늘 귀칼은 보셨나요?』

카이가 그런 메시지를 보낸 것이 심야『0:04』.

아무리 기다려도 코토부키한테서 연락이 없기에, 자신이 먼저 콘택트를 시도한 것이었다.

멘탈이 약한 코토부키다. 계속 고민하고 있지는 않을까. 지독히 후회하고 있지는 않을까. 먼저 말을 건넬 용기가 없지는 않을까. 그렇게 걱정한 것이었다.

그래서 자신이 먼저, 그것도 아무 일도 없었던 것처럼 행동했다.

코토부키도 태연히 평소 그대로의 태도로 응했으면 좋겠다는 마음을 담은 메시지였다.

그러나 읽었다는 표시조차 뜨지 않았다.

『0:31 내일은 한가한가요? 준이 놀러 오겠다고 약속했는데, 코토부키 씨도 어떤가요?』

『0:36 코토부키 씨가 와준다면, 준도 기쁠 거예요.』

『0:39 물론 저도 기쁘고요.』

『1:46 내일이 바쁘다면, 코토부키 씨가 괜찮은 날짜를 지정해 주시면.』

『3:00 미안해요. 오늘은 이만 잘게요.』

『9:12 좋은 아침이에요.』

『10:01 미안해요. 연락 준다면 기쁘겠어요.』

——그렇게 카이 쪽에서 몇 번이고 메시지를 계속 보냈다.

하지만 일요일 오후 현재, 아직 읽었다는 표시가 뜨지 않았다. 완전히 무시였다.

'그 녀석…… 무슨 생각이야.'

카이는 뜻을 다지고 전화를 걸어봤다.

하지만 결과는 마찬가지.

받아줄 기척이 전혀 없었다.

'그렇게나 침울한 걸까? 후회가 계속 남는 걸까?'

계속 상상했지만 해답은 나올 리가 없었다.

대답을 해주지 않으니 아무것도 알 수가 없었다.

그리고 머릿속으로 빙글빙글 생각을 돌리는 사이, 최악의 상상이 스쳤다.

'이제 나하고는 인연을 끊을 생각……이라든지…….'

혹시 그럴지라도, 어쩔 수는 없다.

자신은 준과의 우정을 선택했으니까.

코토부키가 깊은 상처를 받더라도, 혹은 카이에게 정나미가 떨어지더라도 전혀 이상하지 않았다.

그렇게 결론을 내리기에는 아직 이를지도 모른다. 하지만⋯⋯.

사고는 계속해서 돌고 돌 뿐이었다.

적어도 코토부키의 얼굴을 한 번이라도 보고 싶었다.

'다음 주는 알바 시프트가 겹치니까, 만난다면 만날 수야 있겠지만⋯⋯.'

그때까지 계속, 자신도 이런 괴로운 기분을 질질 끌고 가야만 하는가.

아니── 코토부키가 결근할 수도 있다.

조금 더 말하면, 알바를 그만둬 버릴 가능성도⋯⋯.

"힘들어⋯⋯."

카이는 스마트폰을 내던지며 탄식했다.

계속 친구로만 있었다면, 이런 괴로운 심정을 느낄 일은 없었을까?

코토부키의 연심을 못 알아차린 척하는 편이 정답이었을까?

픽션의, 이른바 둔감 주인공들의 대처야말로 사실 모범적이었던 걸까?

해답은 나오지 않았다.

나오지 않은 상태로, 제한시간이 되었다.

현관 초인종이 울렸다. 준이 놀러 온 것이었다.

사고를 전환해야만 한다.

아무것도 모르는 준 앞에서 어두운 표정을 짓고 있을 수는 없었다.

"안녕—!"

준은 오늘도 활기발랄했다.

그리고 카이의 방으로 들어오자마자 두리번두리번 실내를 둘러봤다.

"호테쨩, 없으려나 해서."

"없어. 그보다도, 온다면 온다고 너한테도 이야기했겠지."

"이야기 안 한 건, 나에 대한 서프라이즈일까 했지."

"예예, 네 생일이 온다면 말이지. 12월까지 기다려."

"내 생일, 기억해준 거야?! 사랑이야?!"

"예예, 프린스 선생님 덕분에 말이지."

카이가 푹 빠진 슈퍼 게이머 'jyunjyun1203'의 닉네임 후반 부분이 준의 생일을 가리키는 것이었다.

준은 침대 옆에 앉으며,

"12월까지 못 기다려! 호테쨩이랑 놀고 싶어!"

"예예, 조만간에."

카이는 애써 태연한 척했다.

두 번 다시 만나지 못할지도 모른다고 말할 수는 없었다.

"조만간이라니 구체적으로 언제? 5분 뒤?"

"너무 가깝잖아."

"그럼 내일?"

"코토부키 씨도 바쁘다고. 나도 몰라."

"시시해라一. 카이로 타협할까一."

"감사감격이옵니다."

서로 가볍게 농담을 주고받았다.

준이 리모컨을 들고 방에 두 대 있는 텔레비전을 둘 다 켰다.

이심전심, 카이는 Switch가 아니라 PS4 패드를 두 개 들더니 한쪽을 준에게 건넸다.

"전차로 할래? 해전으로 할래? 아니면一."

"우선은 몬헌이지!"

"그렇겠지一."

최근에 또 열기가 붙은 두 사람이다. 본체 안에 계속 넣어둔 것도 몬헌 월드였다.

다만 꽤나 빠져 있던 게임이기도 하니까 이미 익숙해서, 정신 없이 사냥한다기보다는 수다를 떨면서 하는 플레이였다.

"귀칼 봤어, 준?"

"녹화는 했지만 아직一."

"우동집, 엄청 웃겼어."

"스포일러 금지!"

"너도 원작으로 이미 이수했잖아!"

"애니메이션에서 우동집이 잘리지 않았다는 감동을 느낄 수가 없잖아!!"

"……솔직히, 죄송합니다."

"알았다면 됐어."

"그럼 『우공못』도 아직?"

"아직―. 그보다도, 어제는 레이나네 집에서 잤어."

"호―. 재미있었겠네." (책읽기)

"엄청 즐거웠어―! 뭐―, 레이나는 오늘 아침부터 일이 있으니까 빨리 잤지만―."

"모델을 목표로 한다는 것도 큰일이네. 일요일 거의 없는 셈이니까."

"그래서 오늘은 아침에서야 귀가했어."

"먀카와 씨는 어른이시네요―. 에로에로하시네요―."

"우훗. 놋치가 입은 속옷, 엄청 어른스럽고 에로에로했다고?"

짓궂게 웃는 준.

참고로 놋치라는 것은 준의 친구이자 레이나가 이끄는 잘 나가는 여자 그룹의 일원으로, 배구부 에이스 공격수라 키가 크고 가슴도 크고, 볕에 탄 피부가 건강한 느낌을 주면서도 야한 여자였다.

"…………."

"지금, 상상했어? 상상했어?"

"짓궂잖아! 남자의 순정을 놀리지 말라고, 바보!"

"그리고 사진으로 찍어 왔는데, 색깔 맞추면 보여줄 거라고?"

"정말이야―? 내가 진심을 발휘하기 전에 철회하지 않았다가는 큰일 난다고―?"

나는 승부의 결과라면 사양하지 않는 남자라고—?

"정말, 정말. 자, 답변 시간은 10초야! 하나——."

"진갈색!"

"우와…… 진짜로 맞췄어……. 틀림없이 검은색이라 그럴 거
라고 생각했는데. 식겁하겠어—."

"그런 뻔한 해답으로 퀴즈가 되겠냐. 걸리겠냐고."

"카이가 너무 필사적이라서 식겁하겠어—."

"자, 정답 포상을 내려줘. 얼른."

승부의 결과라면 사양하지 않는 남자는, 당당하게 요구했다.

게임도 마침 몬스터를 쫓아서 구역을 이동하는 타이밍이라,
잠깐 스마트폰으로 사진을 흘끗 보는 정도라면 사냥에 지장은
없었다.

"알았어. 약속은 제대로 지킬게."

준이 입술을 삐죽이며 한 손으로 게임 패드를 조작, 다른 한
손으로 스마트폰을 조작했다.

자, 하고 화면을 이쪽으로 향했다.

'놋치의 속옷, 놋치의 속옷, 놋치의 속옷, 놋치의 속옷, 놋치의
속옷——.'

카이는 마른침을 삼키며 곁눈질로 흘끗 살폈다.

어른스럽고 에로에로한 디자인의, 다크브라운 브래지어와 팬
티를.

바닥에 툭 놓여 있을 뿐인 사진을.

물론 놋치의 놋자도 찍혀 있지 않았다.

"속였구나! 남자의 순정, 희롱했구나!"

"나는 거짓말 안 했고, 약속 지켰는데요—. 카이가 멋대로 착각했을 뿐인데요—. 싫어라, 카이 야하기는—. 변태—."

"사기죄로 고소하겠어!!"

"그러면서도 내심 두근두근하는구나—."

"흠칫."

준에게 정곡을 찔려서 뺨이 굳어졌다.

그저 브래지어랑 팬티가 아무렇게나 찍혀 있을 뿐인 사진이라도 아는 사람이 입었던 것이라고 생각하면, 그것은 이미 그저속옷이 아니라고 할까 야하지 않나?

"변태! 변태! 변태!"

"남자는 다들 똑같이 변태라고요. 그렇죠?"

준이 크게 놀리고, 뒤집어진 목소리로 반론했다.

——그렇게.

그런 바보 같은 이야기를 반복하고, 그럴 때마다 서로 크게 웃으며 게임을 계속했다.

약해져 있던 마음에 스며드는 것 같은, 아무런 거리낄 것도 없는, 그리고 둘도 없는 시간.

자신이 그저 어린아이일 뿐일지도 모른다. 어른이 아닐지도 모른다.

하지만, 역시 생각했다. 몇 번이고 생각했다.

애인보다는 친구 쪽이 좋다.

틀림없이 좋다.

혹시 코토부키와 더는 만날 수 없다면, 슬프지만──.

준과의 우정을 선택한 것에 후회는 없다.

그것만큼은, 없다.

◇ ◆ ◇

한바탕 사냥을 마치고, 둘이서 보수 화면을 확인했다.

랜덤으로 손에 들어오는 소재 아이템의 품질을, 카이는 기뻐하지도 혀를 차지도 않고 담담하게 체크하고 있었더니,

"있잖아, 카이."

준도 화면에서 시선을 떼지 않고, 별것 아닌 목소리로 카이를 불렀다.

"응? 왜?"

카이 역시도 패드를 조작하며 별것 아닌 듯이 대답을 했다.

그러자 준이 어디까지나 계속 텔레비전 화면을 보며,

"무슨 일 있었어?"

역시나 별것 아니라는 듯── 하지만 예리하게 질문했다.

이번에는 곧바로 대답하지 못하는 카이.

패드를 조작하는 손가락만이, 뚝 멈췄다.

하지만 우물쭈물하고 있었더니 준이 더욱 파고들었다.

"호테짱이랑, 무슨 일 있었어?"

정말로 날카로운 녀석이었다.

텔레비전 화면에서 눈을 떼지 않는 것도 별것 아닌 목소리도, 그저 배려였다.

전자는 카이가 안색을 꾸밀 필요가 없도록 해주는 배려, 후자는 책망할 생각이 없다는 사인.

이 녀석한테는 못 이기겠구나, 내심 신음하며,

"……왜 그렇게 생각해?"

"그게, 평소의 카이라면 지금쯤『뿔 깨지 않고 맘타로트 쓰러뜨려도 의미 없다고』『실질적으로 퀘스트 실패야』라고 잔뜩 빡쳤을 거잖아."

"효율충이라 죄송합니다!"

"아무리 그래도 게임에 집중을 못하길래, 무슨 일 있었나 싶어서."

"……있었다고 해도, 왜 거기서 코토부키 씨가 나오는 거야?"

"그게, 아까 내가 호테짱이랑 놀고 싶댔더니『조만간에』라고 얼버무렸잖아. 평소의 카이라면『언제가 좋겠어?』라고 계획을 시작했을 거 아냐."

"그렇다고 해서 거기까지 알 수 있다고?! 너, 초능력자야?!"

진심으로 기겁했다.

그러자──.

"알 수 있지."

준은 패드를 옆에 놓고, 간신히 이쪽을 돌아봤다.

순수한 미소를 짓고서 말했다.

"초능력이 없어도 알 수 있어. 그게, 친구잖아."

"너는 또 그런 소리를, 부끄러워하지도 않고……."

카이는 밉살스러운 소리를 했지만, 완전히 부끄러운 심정을 감추려는 행동이었다.

준도 꿰뚫어 봤을 것이다.

더더욱 부끄럽게 만들어 주겠다는 듯, 슥슥 다가왔다.

좋은 향기가 나니까 그만해.

"자자, 자백하라고 이 녀석~. 호테짱이랑 싸우기라도 했어~?"

"살짝 가치관의 차이가."

"만 번 죽어 마땅하다고 이 녀석~."

생트집을 잡는 것 같은 말과 함께, 준이 어깨랑 뺨을 비볐다.

사실은 무슨 일이 있었는지, 자세히 설명할 수는 없었다.

코토부키의 명예를 위해서라도 그럴 수는 없었다.

그리고 준도 꼬치꼬치 캐묻지는 않았다.

대신에 카이의 목덜미에 팔을 두르고 끌어당겼다.

카이도 저항하지는 않고, 준의 얼굴과 얼굴이 딱 붙는 것 같은 자세가 되었다.

그리고 준이 스마트폰을 들고,

"자, 여기서 알콩달콩 셀카를 찰칵—."

"잠깐, 뭐 할 생각이야? 좋지 않은 예감밖에 안 드는데."

"곧바로 오빠한테 송신을—."

"아니아니, 내가 살해당한다고!"

"괜찮아 괜찮아."

카이는 맹렬히 저항했지만 쏟아진 물을 주워 담을 수는 없어서. 보낸 문자를 없었던 일로 할 수는 없었다.

불과 3초 후——.

주머니에 들어 있던 카이의 스마트폰이 진동했다. 전화가 왔다.

카이도 지지 않게 부들부들 떨면서 화면을 확인했다.

프린스 선생님의 전화였다.

못 본 척해야 하는지 망설였지만, 문제를 미루었다가는 틀림없이 피해가 늘어난다.

"여보세요……?"

잔뜩 혼이 날 것을 각오하고 전화를 받았다.

『정말이지…… 우리 준이 언제까지고 어린애 같아서, 참 곤란하지?』

전혀 의외의 말이 들렸다.

인사도 없고 억누른 목소리라, 화가 나기는 했을 것이다.

하지만 카이를 책망하는 말투는 아니었다.

맥이 빠져서 잠시 반응하지 못하고 있었더니,

『참 곤란하지?!』

"아, 에! 천진난만하다는 것도 곤란하네요!"

『그렇다마다. 그렇다면 나카무라, 네가 책임 있는 어른의 태도로 준을 대해야 하겠지?』

"저는 아직 어린애라고 생각하지만, 책임은 중대하다고 생각해요. 이 사진도 어디까지나 우정의 산물이지, 그 이상은 아니라고 생각해요."

『알고 있다면 됐어. 내 신용을 배신하지 말라고?』

프린스 선생님은 단호하게 말하더니 전화를 끊었다.

"그렇지? 괜찮잖아?"

준이 옆에서 태평하게 말했다.

"오빠는 카이랑 내 사이, 제대로 인정해 주고 있으니까."

"심장에 나쁘다고. 진짜 좀 봐줘."

무슨 소리를 하든, 카이는 투덜거렸다.

하지만 '언제 인정해 줬다는 거야'라고, 그런 답답한 소리는 하지 않았다.

지극히 시스콘인 프린스 선생님은, 당초에 카이와 준의 우정을 인정하지 않았다.

"불순 이성 교제 금지!" "두 번 다시 친하게 지내지 마!" 그저 고집만 부렸다.

참다 참다 카이가 미야카와 씨 댁으로 돌격해서 프린스 선생님과의 대격론이나 문헌 대결 끝에——저도 모르는 사이에——준과 함께 노는 것을 인정받았다.

게다가 프린스 선생님도 시간만 맞는다면 같이 노는 관계가 되었다.

그 전말을 카이는 떠올렸다.

그 전말을 준이 떠오르게 만들어 주었다.

카이의 목에 두른 팔에 힘을 꾹 실어서 여봐란 듯이 밀착한 상태로, 준이 속삭였다.

"그때, 나는 오지 말라고 허세를 부렸지만 있지.

카이가 와줘서, 역시나 기뻤어.

굉장히…… 기뻤어."

준의, 아낌없는 감사의 말.

하지만 카이는 제대로 이해했다.

이것은 동시에 격려의 말이다.

끙끙대고 있을 정도라면, 코토부키랑 만나러 가라고.

모양새는 신경 쓰지 말고 돌격하라고.

그것이야말로 나카무라 카이라고.

등을 떠밀어주는 것이다!

"……나야말로…… 고마워, 준."

곱씹듯이 감사의 말을 입에 담았다.

"그러니까, 미안해!"

몸을 돌려서 넙죽 엎드렸다.

기껏 놀러 와줬는데, 약속했는데 미안하다.

나는 지금부터 코토부키 씨네 집으로 돌격하겠다.

──그렇게 말하려 했지만, 전부 말하지는 못했다.

"미안해, 카이! 나, 다른 용건이 있었다는 게 떠올랐어!"

목에 두르고 있던 팔로 카이의 어깨를 한 번 때리더니 준이 갑자기 일어선 것이었다.

"뭐? 용건?"

"응. 오늘은 레이나랑 쇼핑을 가기로 했어."

팔랑팔랑 손을 흔들며 태연히 방을 나가는 준.

'거짓말쟁이. 레이나 씨, 일이 있다고 그랬잖아.'

그렇게 생각했지만 말로 꺼낼 만큼 카이도 눈치가 없지는 않았다.

이 친구의 배려에 그저 감사의 마음이 커질 뿐.

그리고 떠날 때, 준이 닫히려는 문 너머에서 얼굴만 내밀어서 졸랐다.

"12월까지 못 기다려~. 호테짱이랑 놀고 싶어~."

"알겠어. 코토부키 씨랑 이야기해서, 계획을 잡을게."

카이는 힘차게 보증했다.

친구가 등을 밀어주고 배려해 주는데, 그저 감사하는 것만으로 그칠 수야 있겠는가.

그 마음에 응해 주어야 한다.

코토부키네 집이 어디에 있는지는 알고 있었다.

우연히 전날 귀가가 늦어졌을 때에, 어머니가 차로 바래다줬으니까.

게다가 '호테이'라는 성씨도 드물고 개인 양장점도 요즘은 별로 없다니까, 지역을 지정해서 구글로 검색했더니 의외로 금세 찾았다.

자전거를 타고 약 30분.

내려져 있는 셔터도 눈에 띄는, 낡은 상점가.

'호테이 양장점'은 그 거리의 한 모퉁이에 서 있었다.

주위에 있는 무척 예스러운 분위기의 가게들과 비교하면 간판 색이 바래지 않은 것과, 전면이 유리로 된 것과, 가게 안 밝은 조명까지 무척 세련되어 보였다.

그렇지만 도시에 있는 세련된 점포보다는 가정적인 기색이 강했다.

상품 숫자를 제한하는지 넉넉한 공간을 두고서 옷을 판매하며, 작은 점포임에도 불구하고 밖에서 봤을 때에 '좁다'라는 인상은 받을 수 없었다.

'——좋아, 가자고.'

도중에 사서 준비한 과자를 정중하게 다시 들고, 카이는 가게를 방문했다.

"아, 안녕하세요~."

"어서 오세요—."

가벼운 분위기의 인사와 함께, 가게 뒤쪽에서 여성 점원이 나타났다.

나이는 30대 전반 정도일까?

코토부키를 그대로 어른으로 만들고 머리카락을 갈색으로 염색한 것 같은 사람이었다.

'전에 남동생밖에 없다고 그랬으니까, 나이 차이 나는 언니는 아니겠지? 아마도 어머니겠지? 무척 젊지만…….'

카이는 코토부키처럼 낯을 가리지는 않지만, 주눅이 들지 않는다면 거짓말이었다.

살짝 긴장하며 양해를 구했다.

"죄송해요. 손님이 아니라, 코토부키 씨를 만나러——."

"아! 혹시 네가 말로만 듣던 카이 선배?"

코토부키와 마찬가지로 눈치가 빠른 사람인 듯했다. 카이가 이름을 대기도 전에 맞췄다.

"예, 맞아요. 나카무라 카이라고 합니다."

"역시—. 그 아이를 찾아오는 남자라니, 달리 없을 테니까 말이지—."

짓궂은 미소라기에는 조금 경박한 느낌으로, 깔깔 웃음을 터뜨리는 호테이 어머니.

'성격은 안 닮았구나. 코토부키 씨하고는 정반대라고 할까, 넉살이 좋아 보여…….'

하지만 접객업을 한다면, 하물며 자신의 점포까지 가진 사람이라면 당연한 일일지도 모른다.

그렇게 납득하며 과자를 건넸다.

"이거, 별것 아니지만요."

"어머어머! 고마워. 역시 의지가 되는 선배, 센스가 있구나."

"……아뇨, 그럴 정도는."

먼저 코토부키가 나카무라가에 과자를 가져왔으니까, 자신도 그것을 따라했을 뿐. 그렇지 않았다면 빈손으로 왔을 것이라 말할 수야 없었다.

"……코토부키 씨, 평소에 저를 어떤 식으로 이야기하는 건가요?"

"그야 엄청 칭찬하지, 엄청!"

"하, 황송함다……."

코토부키 씨의 리스펙트가 무겁다…….

"여하튼 들어와. 그 아이, 방에 있으니까."

호테이 어머니는 싹싹하게 웃더니 안쪽으로 안내해 주었다.

친오빠(교사)가 현관에 버티고 서서 통과시켜 주지 않았던 미야카와네와는 전혀 달랐다.

여하튼 카이는 호테이 어머니를 따라 가게 뒤로 들어갔다.

더욱 강한 긴장감에 위가 움츠러드는 것 같은 감각에 시달렸다.

연락을 주지 않았던 코토부키와 어떤 표정으로 만나면 될까?

함부로 밀고 들어온 자신과, 코토부키는 만나줄까?

불안거리가 끊이지 않았다. 하지만 여기까지 와서 겁먹을 수는 없었다.

문을 사이에 두고 그 너머는 양장용 도구나 천, 혹은 완성된 옷 재고 등을 관리하는 창고였다.

그 밖에 미싱실, 사무실 등이 복도로 이어져 있었다.

그리고 2층과 3층 부분이 호테이가의 주거 구역, 이른바 점포 주택이었다.

코토부키의 방은 그 3층에 있었다.

"자자, 코토부키—. 사랑하는 카이 선배가 와주셨어—."

호테이 어머니는 작게 두 번 노크했을 뿐, 금세 문을 열었다.

'사랑하는 카이 선배'라는 호칭에 딴죽을 걸 틈도 주지 않았다.

어색한 시추에이션으로 헤어진 후배와 얼굴을 마주할 마음의 준비를 할 시간도 없었다.

안에 있던 코토부키와 딱 마주쳤다.

게다가 **터무니없는 모습**으로 조우하고 말았다.

카이는 입을 떡 벌렸다.

코토부키는 커다란 전신 거울 앞에서 포즈를 취하고 있었다.

헤어스타일은 평소와 달리 트윈 테일.

몸의 라인을 강조하는 하얀 미니 원피스에, 가슴 아래를 횡단하듯 걸린 파란 끈 한 줄기를 위팔에 리본으로 묶었다.

있는 그대로 말한다면 '던만추'의 헤스티아 코스프레를 하고 있었다.

'어째서 그런 복장이지……?'

너무나도 큰 충격에 카이는 말을 잃고 말았다.

"어째서 선배가 여기에……?"

코토부키도 윙크하며 엄지를 세워든 헤스티아 포즈 그대로 얼어붙었다.

그러는가 싶더니,

"꺄―――― 어머니, 어째서 노크도 안 하는 거야―?!"

"했는데?"

"내가 대답하기 전에 열지 마!!"

"어머어머, 너도 완전히 눈을 떠서는. 건방지긴~."

눈물을 글썽이며 항의하는 코토부키에게 가볍게 웃으며 응대하는 호테이 어머니.

보고 있으니 조금 재미있었다. 그런 본심을 흘릴 수야 없는 카이.

"그럼 나는 일도 있고 가게도 봐야 하니까. 느긋하게 있다가 가렴~."

"안내 감사합니다!"

"나야말로, 귀찮은 아이지만 잘 부탁할게~."

딸을 지독한 상황에 그대로 두고, 기죽지도 않고 계단을 내려가는 호테이 어머니의 뒷모습을 향해 머리를 숙였다.

그리고 복도에서 실내의 코토부키를 돌아보고,

"저기…… 들어가도 될까요? 아니면 옷을 갈아입는 동안 밖에서 기다릴까요?"

"이미 다 봤으니까 그냥 들어오세요!"

Illustrations © mmu

자포자기한 코토부키가 울먹이며 외쳤다.

그렇게 당황하는 모습이 평소의 코토부키라서 안심했다.

코스프레를 한 것 말고는 정말로 평소 그대로.

◇ ◆ ◇

코토부키의 방은 세 평 정도의 서양식 방이었다.

미야카와가에 간 적은 있어도 프린스 선생님의 시선이 엄해서 준의 방에 들어간 적은 없는 카이에게, 이것이 처음으로 보는 여자아이의 방이었다.

벽도 그렇고 천장도 그렇고, 애니메이션 포스터가 빼곡하게 붙어 있으니까 살풍경하지는 않았다.

다만 깨끗할 정도로 물건이 없었다.

책장도 작고, 피규어 등의 오타쿠 굿즈도 놓여 있지 않았다.

인형같이 여자아이다운 물건(편견인가)도 전혀 없었다.

반면에 세월이 느껴지는 멋진 화장대가 눈에 띄었다. 가족에게 물려받은 것이리라.

그리고 카이가 보면 무척 탐낼, 추정 50인치가 넘는 커다란 텔레비전과 고성능으로 보이는 녹화기.

평소의 언동으로 보면, 코토부키는 그다지 용돈을 받지 않을 것이다.

바로 그렇다면, 오타쿠치고는 물건이 적은 것도 지극히 납득.

한편 오디오 관련으로는 충실한 것은 부모님이 사주었을 터이니, 애니메이션 시청을 이해해 주신다고 추측할 수 있었다.

"너무 빤히 보진 마세요…… 부끄러워요……."

"아, 미안해요……."

토라진 것 같은 코토부키의 말에 카이는 자세를 바로잡았다.

서로 쿠션 위에 정좌하고서 마주보고 있는 상황이었다.

그리고 코토부키는 여전히 코스프레를 하고 있었다.

방을 관찰하지 말라는 주의를 받았기에 어쩔 수 없이 코토부키의 모습을 빤히 봤다.

헤스티아라는 캐릭터는 거유로 알려져 있는데 그 부분까지 제대로 재현되어 있었다.

코토부키의 청초하고 조신할 터인 흉부가 무척 봉긋했다.

"파란 끈이 잘 어울리네요."

"화낼 거예요."

완곡한 표현으로 '그 가슴, 어떻게 된 거야?'라고 물었더니 혼이 났다.

하지만 결국에 코토부키는 정직하게 가르쳐 주었다.

눈이 좌우로 헤엄치며,

"안에 패드를 네 장, 채웠으니까요."

"네 장."

"화낼 거예요."

또 혼이 났다.

"제 입장에서는 슬렌더한 체형이 코스프레에는 어울리거든요. 크게 만드는 건 이렇게 간단하지만 줄이는 건 큰일이니까요."

또다시 토라진 듯 말했다.

코토부키 이론에 크게 동의하고서,

"코스프레, 좋아하나요?"

"⋯⋯⋯⋯⋯⋯⋯예. 사실은."

코토부키는 꺼질 것 같은 목소리로 동의했다.

무척 부끄러울 것이다. 눈을 내리깔고서도 더욱 엉뚱한 방향으로 시선을 피했다.

걱정하지 말라고 카이는 목소리를 다잡고서,

"전혀 몰랐어요."

"감추고 있었으니까요. 다만 단계적으로 밝히려 생각하고 있었어요."

"아. 요전의 데이트 때, 접수원 아가씨가 그랬던 거군요?"

"그래요. 우선은 가벼운 잽을 날리려고."

"처음부터 말씀해 주시면 좋았을 텐데."

"가, 갑자기 밝혔다가, 혹시라도 비웃음당하면 어떡하나 무서워서⋯⋯. 학교 친구한테도 비밀로 하고 있어요."

역시나 두부 멘탈의 진면목이었다.

"저는 안 웃어요. 멋진 취미라고 생각해요."

"그렇게 말씀하시면서 선배는 히죽대고 있잖아요!"

"이건 코스프레 취미를 비웃는 게 아니라, 코토부키 씨가 기특하고 흐뭇해서 그래요."

"기, 기특하다니⋯⋯."

"놀리는 보람도 있고요."

"화낼 거예요."

오늘은 자주 코토부키에게 혼이 나는 날이었다.

카이는 또다시 쿡쿡 웃으며 계속 질문했다.

"혹시 평소부터 코스프레에 돈을 쏟고 계셨나요?"

카이의 인식으로 코스프레는 돈이 드는, 학생에게는 허들이 높은 취미다.

그렇다면 돈에 쪼들리는 코토부키의 언동도 납득이 갔다.

그렇게 생각했지만,

"어, 아뇨. 제가 입는 의상은, 항상 어머니가 만들어 주니까요."

"참으로 이해심 깊은 어머님이시네요!"

"예, 애당초 어머니가 복장을 직접 만들어서 입는 코스플레이어였거든요. 제가 태어난 뒤로 은퇴했다고 하지만요. 이 양장점도 취미가 그대로 이어져서 열었다나."

"그렇군요, 젊으시니까 말이죠."

이것이 요즘 시대의 어머니 퀄리티인가. 부럽다.

"예? 어머니는 올해로 마흔다섯인데요? 코스플레이어 1세대라는 게 자랑이라고요?"

"우리 어머니보다 여섯 살이나 연상이라니!"

"젊어 보이도록 꾸민 것뿐이에요. 부끄럽네요."

"그것도 한도가 있잖아요……."

어찌 보아도 30대 전반 정도로 보였는데…….

그렇다면 요괴인가…….

"그럼 어머님과 복장을 맞추어 본다든지?"

"아쉽지만, 한 번도요. 저한테 입히고, 엄청 기뻐하며 사진을 찍고, 끝이에요."

"그 사진은 역시나 SNS에 올리시나요?"

"아뇨, 어머니가 금지했어요. 코스프레 이벤트에 나가는 것도 마찬가지예요. 제가 성인이 될 때까지는 허락하지 않겠다고."

역시나 모전여전이었다.

가벼워 보였지만 사실은 착실하시다.

코토부키 같은 미소녀가 코스프레 사진을 트위터 등에 올리면, 틀림없이 이상한 녀석들이 엮여들 것은 상상하기 어렵지 않았다.

한편 이벤트 행사장에 모이는 것은 성실하게 취미를 즐기는 사람들이 대부분이지만, 그래도 괘씸한 녀석이 전무하지는 않을 테고 트러블 얘기도 그럴싸하게 들린다.

어른이 되면 자기가 판단하겠지만, 학생 시기에는 부모가 지켜야만 한다는 주의일 것이다.

"그럼 코토부키 씨는 평소에 집에서 코스프레를 즐기신다는 거군요."

"예. 기본적으로, 혼자서 쓸쓸하게."

"아무도 그런 식으로 말하지 않으니까, 비하하지 마시고요."

무엇보다도 그런 식이라면 오타쿠 취미 대부분은 집에서 혼자 즐기는 것에 해당되어 버린다.

카이는 쓴웃음 짓고, 그에 이끌려서 코토부키도 웃었다.

그런 후배의 미소를 보며 생각했다.

'뭔가…… 혼자서 고민해 봤자 헛수고였네.'

미움을 받은 것 아닐까라든지, 더는 못 만나는 것은 아닐까 하는 걱정은, 그야말로 기우.

막상 만나러 왔더니 그야말로 평소 그대로의 분위기로 담소를 나눌 수 있었다.

이것도 등을 밀어준 준 덕분이었다.

그리고 코토부키도 카이의 안색을 살피는 것인지──.

"읽고 무시한 거나 전화를 받지 않았던 거, 선배한테 사죄해야겠죠."

정색한 태도로 머리를 숙였다.

"이미 신경 안 써요. 부디 고개를 드세요. 다만 이유를 알려달라고 부탁드려도?"

"알겠어요……."

코토부키가 각오를 다진 듯, 다만 약하디 약한 멘탈이기에 머뭇머뭇 설명을 시작했다.

"사실은 어젯밤── 저는 선배한테 차일지도 모른다고, 그건 제대로 각오를 했거든요. 그리고 설령 차이더라도, 또 몇 번이든 돌격하면 된다며 얕봤던 거예요."

그런 마음으로 키스와 교제를 밀어붙였다고 적나라하게 이야기해 주었다. 사죄의 의미도 있을 것이다.

"그저 다른 일에는 전혀, 생각이 돌아가지 않았어요. 그런 식으로 밀어붙였다가는 더 이상 만날 수조차 없게 된다고 선배가 지적할 때까지, 저는 완벽하게 생각을 못 했어요. 정말로 어린 애라…… 구멍이 있다면 숨고 싶다는 게 바로 이런 거겠죠."

"그리고 숨은 채로, 나올 용기가 없었다고?"

"그 말이 옳아요. 선배도 틀림없이 저를 달리 보고, 그리고 질리셨을까 생각했더니, 마주할 낯이 없었어요."

그렇게까지 걱정할 필요는 없는데── 그렇게 웃어 넘겨서는 안 된다.

그것은 어디까지나 카이가 자신의 심정을 파악하고 있기에 대단한 일이 아니라고 생각하는 것뿐, 카이의 마음을 볼 수 없는 코토부키의 입장에서는 틀림없이 무서웠을 것이다.

이렇게 얼굴을 보고 대화를 나눌 때까지 코토부키의 마음을 알 수가 없어서, 집에서 괴로워하던 카이와 똑같았다.

"질리다니 당치도 않아요. 저는 코토부키 씨한테 항상 호감을 품고 있어요."

"……그 말, 믿어도 될까요?"

"물론이에요. 오히려 저야말로 코토부키 씨가 이제는 정나미가 떨어지지는 않았나 하고, 걱정하고 있었어요."

"그런 일은 절대 없어요! 저, 저, 저는 선배를, 조, 조, 조──."

코토부키는 점점 뺨이 확 붉어졌다.

덕분에 이어지는 말을 하지 못했다.

"아, 알고 있어요. 전부 이야기하지 않아도 괜찮으니까요."

카이야말로 부끄러워진다고 할까, 보고 있을 수가 없어서 말렸다.

하지만 코토부키는 도리어 오기가 생겨서, 울컥해서는 말을 딱 꺼냈다.

"──죠아아니까요."

하지만 혀가 꼬였다. 제대로 발음을 씹었다.

카이는 순간적으로 안색을 감추고 못 알아차린 척.

하지만 코토부키가 카이의 안색을 살피는 속도와 기술 쪽이 웃돌았다.

한껏 눈을 부라리고서,

"이상이, 제가 선배의 연락을 패스해 버린 이유예요."

"그렇군요, 전부 이해했어요. 게다가 서로 침울했던 원인이 그저 기우였다는 것도 확인할 수 있어서, 수확이 있었네요."

카이는 호응하듯이 다정한 말투로 이야기를 마무리했다.

그것이 효과를 거두었는지 코토부키도 딱딱한 표정이 풀어졌다.

그리고,

"예. 기개가 없는 저 대신에 선배 쪽에서 만나러 와주셔서 정말로…… 정말로 기뻐요."

작은 꽃봉오리가 피어나듯 가련한 미소를 꽃피웠다.

잠시 빠져들었을 만큼, 코토부키의 외모에 걸맞은 미소였다.

이것을 볼 수 있었다는 것만으로도 용기를 내어 돌격한 보람이 있었다고 생각했다.

◇ ◆ ◇

오해가 풀린 뒤, 카이는 완전히 '친구네 집에 놀러 왔습니다' 모드가 되었다.

코스프레 의상 콜렉션을 보고 싶다며 부탁하자 코토부키가 벽장 안을 보여주었다.

그야말로 장관이었다.

행거에 수십 벌의 코스프레 의상이 걸려 있었던 것이다.

"이게 전부, 어머님이 손수 만드신 건가요?"

"물론이에요."

코토부키가 자랑스럽게 말했다. 아직 헤스티아 코스프레를 입은 채, 패드 네 장으로 봉긋한 가슴을 젖혔다.

실제로 어머니를 무척 자랑스럽게 여기는 것이리라. 오타쿠로서 이해할 수 있어. 부러워라.

카이는 허가를 얻어서 한 벌 한 벌, 소중히 손에 들고서 살펴봤다.

역시나 손수 만든 옷이라, 어느 것이든 코토부키의 체형에 딱 맞아 보였다.

"무척 오래된 애니메이션 의상도 많네요."

"예. 당시 방영분을 보고는 제가 빠져서 어머니한테 만들어 달라고 부탁하거나, 반대로 어머니가 빠져서 저한테 입힌 거예요."

으~음, 이것이 영재 교육인가.

"이건…… 혹시 『수라장』에 나오는?"

"예. 하네고 교복이에요. 교복류는 쉽게 못 알아보는데, 역시 선배예요. 게다가 6년 전의 애니메이션인데."

"사실은 제가 본 건 최근이라서요."

당시 초등학교 고학년이었던 카이는, 이른바 '모에 요소'가 강한 애니메이션을 보다가 반 친구들에게 놀림을 당해서 시청하는 것을 참고 있었다.

이제 와서 생각하면 어찌나 바보 같은 짓을 했나, 자신의 취미를 관철하지 못했다고 후회할 따름이지만, 당시는 민감한 나이였던 것이다.

그러나 최근, 걸작 라이트노벨로 평판이 높은 '29세와 JK'를 읽고 감동해서, 저자 유우지 유우지 선생님의 다른 작품인 '수라장'이나 '레네시클'를 모조리 읽고 또 감동해서, 애니메이션으로 만들어진 '수라장'의 블루레이를 대여로 시청하며 유우지 유우지 삼매경에 빠졌던 시기가 있었다.

코토부키도 하네고의 파란 교복을 그리운 듯 쓰다듬으며,

"저는 당시에 초등학교 4학년이었지만, 이 애니메이션에는 어머니와 함께 완전히 빠졌어요."

"이해해요. 마스즈 씨가 최고죠. 완전 귀엽잖아요."

"예? 치와와가 아니라?"

그 순간── 카이와 코토부키 사이에, 시선과 시선이 불꽃을 피웠다.

"아뇨, 코토부키 씨가 말씀하시는 것도 이해한다고요? 당시에 초등학교 4학년이었죠? 치와와의 동물 같은 귀여움은 어린아이

라도 쉽게 이해할 수 있었을 테죠."

"예? 저는 조숙한 아이였으니까 당시부터 마스즈의 귀찮으면 서도 귀여운 점도 이해할 수 있었는데요? 그럼에도 치와와의 손을 들어준다는 건데요?"

"하하하, 무슨 농담을. 혹시 코토부키 씨가 주인공이었다면, 『수라장』의 재미가 확실히 한 단계 떨어졌겠네요."

"우훗, 선배야말로 농담은 얼굴만으로 해주세요. 잘 이해한다는 얼굴로 엉뚱한 망언을 늘어놓는 건 부끄럽지 않나요? 치와와 야말로 메인 히로인이라는 창작 의도를 헤아리지 못하다니, 나중에 유우지 선생님한테 엎드려 빌도록 하세요."

"하하하하."

"우후후."

서로 한 걸음도 물러나지 않고 미소 그대로 파직파직 시선이 맞부딪쳤다.

여하튼 결판을 내려는 것은 헛수고니까 하네고 교복은 다시 행거에 걸어뒀다.

아니다── 걸기 직전, 문득 깨달았다.

"이 교복, 방송 당시에 코토부키 씨가 코스프레하려고 만든 거죠?"

"예, 그런데요?"

"지금도 입을 수 있을 것 같은데 이건……?"

그렇게 묻자 코토부키가 시선을 핵 피했다.

어지간히도 불편했나 보다.

'확실히, 눈치채고 보니 위화감이 있네…….'

벽장 안, 걸린 수십 벌의 의복을 보고 카이는 전율했다.

어느 옷이든 사이즈가 거의 다르지 않은 것이었다.

카이는 6년 전은커녕, 작년에 딱 맞았던 사이즈 옷도 조금 갑갑한데.

계속 흔들림 없는 눈빛을 보내자 코토부키도 체념한 듯 떨리는 목소리로 자백했다.

"사실은…… 저는 어릴 적, 무척 키가 큰 아이였거든요. 초등학교에서는 줄을 서면 항상 제일 뒤였고, 친척한테는 농담 삼아 나중에는 모델이나 미스 사카타도 가능하다는……."

"하지만 성장이 멈춰버렸군요……. 초등학교 4학년에……."

"그냥 웃으셔도……?"

"안 웃어요! 코토부키 씨는 지금 이대로 귀여워요!"

"가, 감사합니다……."

카이가 거짓 없이 역설하자 코토부키는 수줍어서 꾸물꾸물 몸을 비틀었다.

"게다가 슬렌더한 편이 코스프레에 맞는다고 말씀하신 건 코토부키 씨니까요!"

"……제 가슴도 성장하지 않았다고 말씀하시는 거군요. ……부정할 순 없지만요."

수줍어하던 코토부키가 돌변, 실망한 표정을 지었다.

뾰로통하게 "헤스티아를 할 게 아니었어"라고 투덜거렸다.

그 발언으로 카이는 또다시 깨달았다.

"그러고 보니, 어째서 헤스티아인가요?"

아까 들은 바로는, 의상은 방영 중인 마음에 드는 애니메이션 의상을 만든다고 그랬다.

하지만 현재, '던만추' 애니메이션은 방영 중이 아니었다. 대망의 2기도 두 달 뒤에 스타트.

그러니까 이 의상은 1기 방영 당시인 4년이나 전에 만든 것.

그것을 굳이 끄집어냈으니까 무언가 이유가 있었으리라 생각했지만,

"우연이라고 할까, 딱히 헤스티아일 이유는 없지만——."

"없군요!"

"다만, 코스프레 사진을 잔뜩 찍을 필요가 있었어요."

"그렇다면?"

"이걸 보세요."

코토부키는 공부 책상에서 태블릿을 들었다.

신품이었다. 그러고 보니 알바 급여를 모아서 산다고 했다.

그것을 톡톡 터치해서 사진 한 장을 열었다.

선전 사이트, 혹은 전단지일까? '제1회, 사카타 코스프레 축제'라는 제목과 함께, 에누리 없는 미남미녀라고 할까 하이 레벨 코스플레이어들의 사진이 실려 있었다.

"모르는 이벤트네요……."

이런 재미있어 보이는 행사, 지역에서 열린다면 자신이든 준 이든 놓칠 리가 없는데.

"모르시는 것도 당연하겠죠. 이건 아직 기획 준비 중인 이벤

트니까요."

"호호오. 그럼 코토부키 씨는 어떻게 아시나요?"

"사실은 아버지랑 친척이, 시와 협력해서 진행하는 기획이거든요."

"호오! 자세한 이야기를 부탁드려도?"

"물론이에요."

부탁하자 코토부키가 간추려서 설명해주었다.

호테이가는 전후(戰後)에 섬유 도매로 번성했던 일족이라고 한다.

본가는 특히 사카타시에서도 어느 정도 명사라서 시의회 의원과도 교류가 있다나. 하지만 요즘 시대라고 할까, 패션 업계의 풍파는 거칠고, 호테이가도 예외가 아니었다.

그래서 살아남기 위해서라면 뭐든 이것저것 도전해 보자는 분위기가, 지금의 호테이 집안에 있다고 한다.

그 일환으로, 코토부키의 아버지(일족 기업 중역)가 주목한 것이 코스프레 업계라고.

지명도도 주목도도 해마다 올라가고 있지만, 도내를 벗어나면 아직 코스프레를 즐길 자리도, 의상을 만들 환경도 갖추어졌다고 말하기는 어렵다.

그 부분에 장사거리가 있지는 않을까.

솔직히 닛포리 섬유 거리의 활황을 사카타에 재현하고 싶다!

그래서 우선은 시를 꼬드겨서 코스프레 이벤트를 정착시킨다.

또한 코스플레이어가 활동하기 편한 환경을 갖추어 수를 늘린다.

그러고서 코스플레이어 여러분에게는 호테이가에서 판매할 예정인 코스프레 관련 상품을 팔아도 좋고, 혹은 코스프레 특화 양장 교실을 여는 등등, 의상을 직접 만드는 문화가 뿌리박히면 더욱 좋고.

──그런 사정이라나.

"몰랐어요. 코토부키 씨는 아가씨였군요."

돈이 부족한 것은 그런 것인가.

부모님의 훈육이 엄해서 굳이 용돈을 제한하고 있다든지, 그런 녀석인가.

"아뇨, 안타깝지만 아니에요. 우리 집은 분가니까요."

"아니군요!"

"저희 아버지는 항상 『일부 상장 기업 과장이 오히려 돈을 더 많이 받는다』라고 불평하세요."

"세상살이 참 힘드네요!"

"그러니까 아버지는 이 계획을 성공시켜서, 일족 안에서 출세를 하고 싶은 거예요. 저도 기회만 된다면 진짜 아가씨가 되고 싶거든요."

"야심가군요!"

코토부키의 말투로 봐서 마지막 말은 반쯤 농담임을 이해하며, 카이는 딴죽을 걸었다.

그리고 코토부키는 이야기를 앞으로 되돌려서,

"아버지가 이벤트용 선전 사이트를 만들 예정이고, 그 사이트의 메인 화면 가안이 이거예요."

"그렇군요. 확실히 전부 기합이 든 코스프레 사진이네요. 마치 프로 같아요."

"실제로 프로 모델들에게 의뢰해서 찍은 사진이니까요."

"아, 역시."

인터넷에서 들은 이야기지만, 최근에는 모델 사무소 소속의 코스플레이어도 많아졌다나.

"다만…… 선전용 그림으로서는 숫자가 좀 적다고 생각하진 않나요?"

"사이트도 메인 화면으로 끝은 아닐 테니까, 좀 더 있어도 괜찮겠네요. 이분들한테 더욱 부탁할 수는 없나요?"

"예산 문제로 힘들다나 봐요."

"세상에나. 프로 모델들은 역시나 비싸군요."

"출연료도 그렇지만, 사진을 찍는 것도 프로에게 부탁하고, 메이크업 같은 것도 프로 스타일리스트한테 별도로 부탁하고, 촬영 현장도 제대로 된 장소를 빌려서…… 그렇게 했더니 점점 비용이 늘어났다는 모양이라."

"아―…… 역시 프로 모델은 그런 쪽으로 고집이 있군요."

"아무리 일이라고는 해도, 질 낮은 사진이 실리면 본인의 이미지 악화로 이어질 테니까요."

"보통 그런 건 생각도 안 했는데."

인터넷에 올라오는 신급 코스플레이어들의 사진을 보고는 "와—. 귀여워—" 같은 식으로만 생각했다.

"다만 이 이벤트는 어디까지나 취미로 코스프레를 즐기는 여러분에게, 모여서 놀아달라는 취지의 기획이에요. 그러니까 선전용 사진도 반드시 프로 코스플레이어의 신급 퀄리티 사진이 아니라도 괜찮다고 생각하거든요. 초보 사진도 숫자만 갖춘다면 활기가 느껴질 거라 생각해요."

"정말로 그러네요."

카이는 크게 끄덕였다.

그리고 여기까지 설명을 들으니 코토부키가 헤스티아 코스프레를 한 이유도 알 수 있었다.

"코토부키 씨가 어머님 수제 의상을 입고 사진을 찍어서 아버님의 일을 도우려는 거군요?"

"이렇게 코스프레 의상은 잔뜩 있고, 저도 기회만 된다면 아가씨가 되고 싶으니까요."

효도를 칭찬받는 것이 부끄러운지, 코토부키는 귀엽게 얄미운 소리를 했다.

여하튼 사정은 잘 알았다.

"저도 흥미가 있으니까, 사진을 찍는 정도는 협력할게요. 셀카보다 다양한 포즈를 취할 수 있을 테니까요."

"괜찮은가요, 선배?"

"물론, 함께할게요. 스마트폰을 빌려주세요."

카이는 미소와 함께 오른손을 내밀었다.

하지만 코토부키는 무슨 생각을 했는지, 그 손바닥을 빤히 보기만 할 뿐 움직이지 않았다.

한동안 고민. 주저.

그러다 갑자기 카이의 오른손을 양손으로 꽉 쥐었다.

매끈매끈 코토부키의 손 감촉에 가슴이 두근거렸다.

내심 허둥대는 사이, 코토부키도 그에 지지 않게 허둥대고는,

"어, 저기, 그렇다면…… 혹시 괜찮다면 말인데, 선배도 코스프레를 해보지 않을래요……? 그리고…… 혹시 싫지 않다면 말이지만, 선전용으로 쓸 수 있다면 정말 큰 도움이 될 거예요."

예상하지 못한 부탁을 받았다.

눈을 살짝 크게 뜨며, 카이 역시도 잠시 머릿속으로 검토했다.

"해보고 싶은 건 잔뜩 있고, 사진 제공도 굳이 거절할 이유는 없지만——."

캐릭터를 소화해 내는 것이 참맛인 코스프레 사진은 맨 얼굴과는 꽤 차이가 나니까, 딱히 인터넷에 올리더라도 인물이 특정되지는 않을 테고.

"——다만, 재정적으로 허들이 높다는 게 문제겠네요."

코스프레 의상이라든지 가발이라든지 소품이라든지, 결코 저렴하지는 않다는 이미지가 있었다.

하지만 코토부키는 다이나믹하게 고개를 내젓고,

"그건 물론, 저희 집에서 전부 준비할게요!"

"정말인가요? 그런 부탁을 해도 될까요?"

"회사의 기획이니까 당연한 일이에요! 오히려 알바비도 나올

거예요!"

"어, 알바비는 됐어요."

일이 되면 상응하는 책임이 뒤따른다.

카이로서는 어디까지나 코스프레라는 '놀이'에 흥미가 있고, 편하게 하고 싶다.

그렇게 설명하고 사양하자 코토부키는 어이없어했다.

"잠자코 주머니에 넣어도, 아무도 불평하지 않을 텐데……. 선배는 성실하네요."

하지만 카이를 보는 눈이 묘하게 열기를 띠는 것 같았다.

의식적으로 화제를 되돌려서,

"그런 일이라면, 감사히 코스프레 체험과 협력을 할게요."

"저야말로 고마워요, 선배."

"그런데, 협력자는 많은 편이 좋겠죠?"

"그러네요. 사진은 많으면 많을수록 활기가 더해질 테니까요."

"든든한 협력자로 떠오르는 사람이 있는데 말이죠? 오타쿠 문화에 정통하고, 그러면서 여기 프로 모델들한테도 꿀리지 않는 인물이 있는데요?"

"으……. 그건 미야카와 선배 말인가요?"

"정답이에요."

카이는 과장스럽게 긍정했다.

프로 모델이라면 카메라 촬영 요령――포즈를 잡는 방법이라든지 표정을 짓는 방법이라든지, 그런 기술――에도 뛰어날 테고, 초보인 준이 따라잡을 수는 없을 것이다.

하지만 바탕이 되는 미모라는 점에서는 결코 지지 않는다고 확신했다.

그리고 그 사실은 코토부키도 마찬가지라서, 두 사람이 이른 바 '짝'을 맞춘 사진을 찍을 수 있다면 파괴력은 배로 증가하지 않을까, 그런 기대가 있었다.

"말씀하시는 게 옳다고는 생각하지만……."

부탁해야 하는지 그렇지 않은지, 코토부키는 무척 망설이는 모양이었다.

역시 준을 상대로 거북하다는 심정이 있는 것인가.

혹은 무언가 감정을 품고 있는 것인가.

"다음에는 셋이서 놀고 싶다"라고 이야기한 것도 무언가 의도가 있어서 한 일이고, 현재는 심경이 바뀌었을까.

그러나 결국, 준을 선전 소재로 사용하는 이점에는 거스를 수 없었나 보다.

"선배 쪽에서 부탁하시는 건가요……?"

"코토부키 씨가 말을 건네는 게, 그 녀석도 더 신이 날 것 같은데요."

"그럴 경우, 어떤 흑심으로 들이닥칠지 상상이 안 돼요. 미야카와 선배한테는 알바비를 낼 테니까, 비즈니스적으로 진행하고 싶어요."

"하하하, 농담이에요. 제가 부탁할게요. 다만, 그 녀석도 알바비는 안 받을 테니까, 다소는 각오해두세요."

"으으으…… 흑심……."

"하하하, 그 녀석이 폭주할 때는 제가 책임을 지고 말릴 테니까요⋯⋯."

고개를 숙인 코토부키를 카이가 달랬다.

이야기도 마무리되고 그 후에는, 선전을 위한 사진을 잔뜩 찍었다.

네즈코, 카구야 님, 바니걸 마이, 유우키, 알베도, 쿠루미⋯⋯ 그렇게 흑발 캐릭터만 골라서, 코토부키가 차례차례 분장했다.

평소에는 어디까지나 아무한테도 보여주지 않는 취미니까 가발까지 준비하지는 않는다. 하지만 사이트에 올리는 사진이라면 이야기가 다르다. 아무리 초보 코스프레라고는 해도, 금발 캐릭터를 흑발 그대로 하는 것은 건성으로 한다는 느낌이 되어 버린다. 그저 활기만을 위한 사진이라고는 해도 한도가 있다. 그런 판단이었다.

하지만 역시나 프로 모델 같은 포즈도 표정도 나오지는 않았다.

특히 코토부키는 허접 멘탈이니까, 스마트폰을 든 카이 앞에서 수줍음이 계속 남았다.

'뭐, 그건 애교의 범위일까.'

찍은 사진을 둘이서 확인하며 카이는 생각했다.

코스프레한 코토부키는 엄청 귀여우니까, 괜찮다. 그야말로 정의다.

라고.

내 여자친구가
최고로
귀여워.

**초미인 고교생들은 첫 촬영도
여유롭게 소화할 수 있는 모양입니다!**

episode 007

그날은 저녁에 빨리 귀가했다.

호테이 어머니는 느긋이 있다가 가라고 권유해 주었지만 처음
방문한, 게다가 이성의 집이었기에 신경이 쓰였다.

그리고 귀가해서 바로 준에게 전화를 걸었다.

"──그런 이야기인데, 코스프레 안 할래? 셋이서 같이 맞춰
보지 않을래?"

『할래!』

역시 준은 흔쾌히 승낙했다.

"그럼 내일 방과 후, 코토부키 씨 집에 모여서 작전 회의하
자. 아주머니한테 치수 측정을 부탁드려야 하고, 어떤 캐릭터
로 하고 싶은지도 빨리 정해야지. 저쪽도 준비에 시간이 걸릴
테니까."

『으~~ 고민되네~~~. 과연 후보를 좁힐 수 있을까~~~.』

"나도 알겠어. 오랫동안 동경했던 만큼, 막상 정말로 할 수 있
을까 싶지."

『이것도 저것도, 같은 식으로 욕심을 부리게 되네.』

"다만 코토부키 씨 어머니 말씀으로는, 어지간히 손이 많이
가는 디자인의 의상이 아니라면 하루에 두 벌은 만들 수 있대."

『뭐?! 그렇게나 빨리?!』

"수십만은 하는 오더 메이드 정장도 아니니까, 그 정도도 못
하면 장사가 안 된다며 웃으셨어. 아주머니도 역시나 프로셔.

게다가 빠른 사람은 이거보다 더 빠르대."

『프로 멋있어!』

"그렇지. 그래서, 준비 기간을 2주로 하고, 지금 현재 수주한 일도 있으니까 나랑 준이 대여섯 벌씩 정도일 거라고 하셨어."

『충분하고도 남아! 감사드려야겠어!』

"그렇지. 그리고…… 코토부키 씨는 이미 의상을 가지고 있는 캐릭터랑 맞추는 편이 나을 테고, 청장미검같이 소품 준비가 너무 어려운 캐릭터는 기본적으로 안 돼. 고블린 슬레이어처럼 우락부락 갑옷 캐릭터도 물론 안 되고."

『흠흠. 가발은? 그것도 수고가 들 것 같은데.』

"코토부키 씨 아버지가 회사에서 마련해 준대. 전문점이 있고, 헤어스타일도 미용사한테 부탁할 수 있으니까 의외로 시간은 안 걸린다고 했어. 뭐, 돈이 있으니까 가능한 거지만!"

『남의 돈으로 할 수 있는 코스프레 최고!』

"너무 속보이는 소리는 하지 말자고. 사실이지만."

──그렇게 둘이서 논의했다.

그리고 혹시 모르니까 보호자의 동의를 받아달라고, 호테이 어머니가 부탁했다.

카이의 부모님은 자식의 자주성을 중시하는 주의니까 흔쾌히 승낙해 주었다.

준의 부모님(및 시스콘 브라더즈)도, 도를 넘게 과격한 코스프레는 하지 않을 것, 완성 사진을 먼저 확인하는 것을 조건으로 허가해 주었다.

그리고 다음 날, 호테이가에서 코토부키도 함께 미팅. 플러스 치수 재기.

그리고 코토부키의 부모님에게 코스프레 제작 등을 부탁하고 완성을 기다리는 것뿐이었다.

촬영 날짜는 6월 8일(토)로 결정되어, 약 2주를 카이는 두근두근하며 지냈다.

물론 그저 멍하니 있었던 것은 아니다.

코스프레를 한다면 남자라도 메이크업을 하는 편이 낫다. 하지만 카이는 화장과 전혀 인연이 없는 인생을 보냈기에, 준에게 기초적인 화장을 부탁해서 연습했다.

반대로 준은 머리카락이 기니까, 가발을 쓰려면 뒤통수에서 묶고 헤어핀으로 단단히 고정해야만 한다. 그것을 직접 하는 것은 어려우니까 카이가 대신에 해주는 연습도 충분히 했다.

'설마 내가 여자애 머리카락을 세팅해 주는 날이 올 줄이야.'

찰랑찰랑하고 좋은 냄새가 나는 준의 머리카락을 만지며, 몇 번이고 감개에 빠졌다.

인생, 무슨 일이 벌어질지 알 수 없다.

그리고 당일.

준와 함께 의기양양, 오전 아홉 시에 호테이가에 집합했다.

그리고 촬영 장소로, 호테이 어머니가 차로 바래다주었다.

"우리 친척이 작년까지 살다가, 지금은 안 쓰는 빈 집이 있거든. 거기라면 편하게 옷도 갈아입고 촬영도 가능하겠지? 일본식 방이랑 서양식 방도 있고 정원도 넓으니까 배경도 충분해."

"하나하나 챙겨주셔서 감사합니다."

"고마워요—!"

차 뒷좌석에서 준이랑 둘이, 운전석을 향해 머리를 숙였다.

도내에는 코스플레이어 대상의 렌탈 스튜디오도 있지만, 인터넷으로 조사했더니 (고등학생에게는) 무시무시하게 비쌌다. 다 같이 나눠서 내더라도 두 시간 빌리는 것도 힘들었다.

하지만 빈집을 빌린 덕분에 공짜였다.

"우리야말로 남편 일을 도와줘서 고마워."

호테이 어머니는 신경 쓸 것 없다며 쾌활하게 웃었다.

"그리고, 나중에 얼마나 편했는지도 가르쳐 줄래? 코스프레 사업이 잘 풀린다면 거길 리폼해서 렌탈 스튜디오로 만드는 것도 괜찮겠다는 이야기가 나오고 있거든."

역시나 장사꾼의 혼이 왕성했다.

예의 빈집은 사카타시 교외의 산속에 있는 외딴집이었다.

솔직히 말하자면 거의 저택 수준이었다.

"뭐, 하지만 지은 지 50년이었던가? 정말로 낡았으니까 말이지. 시가지에서도 멀고. 그러니까 살고 있던 친척도 역 앞의 신축 아파트로 이사를 가버렸어."

집안 소유의 물건이고 더 이상 아무도 거처로 쓸 예정은 없으니까 마음대로 사용해도 괜찮다고, 호테이 어머니가 웃으며 말했다.

사양 않고 감사히 그 말에 따르기로 했다.

"그럼 나는 가게 일이 있으니까. 끝나면 전화 줘."

호테이 어머니가 운전석에서 손을 흔들고 돌아갔다.

세 사람은 트렁크에서 내린 여행용 가방을 끌며 저택으로 들어갔다.

코토부키가 문을 열고 들어간 현관은, 어머나 참으로 넓어라.

처음에는 가볍게 탐험하는 기분으로 여기저기를 둘러봤다.

순수 일본풍 단층집 옆으로 2층짜리 서양식 주택을 증축한 집으로. 다 합치면 대체 방이 몇 개일지 세어 볼 기분도 들지 않았다.

전기도 수도도 어제 호테이 아버지가 미리 연결해 주어서 전혀 불편하지 않았다.

게다가 오래된 가구는 전부 방치되어 있고, 코토부키의 방에도 있던 것 같은 커다란 전신 거울이 달린 화장대를 두 곳에서 발견했다.

남녀로 나누어 그곳에서 옷을 갈아입기로 했다.

"아, 일단 먼저 준 머리를 묶어둘까."

"부탁할게―."

한번 뒤로 묶어두면 다음 캐릭터로 분장할 때마다 가발만 바꾸면 그만이다.

카이가 바로 제안하고 준이 편하게 따랐다.

하지만 그 순간―― 코토부키의 눈동자 안쪽에서 무언가가 화르륵 타올랐다.

"제 머리카락도 묶어주실 수 있을까요, 선배?"

"그건 상관없지만…… 코토부키 씨는 틀림없이 혼자서 할 수 있을 거라 생각했는데."

애시당초 2주 전 코토부키 씨 댁 첫 촬영회에서는, 차례차례 코스프레를 하는 그녀가 멋진 솜씨로 헤어스타일을 바꾸었을 정도였다.

"아뇨. 평소에는 어머니가 전부 해주시니까요."

"어?"

"전부 어머니가 해주시니까요."

"그래, 카이—. 이렇게 묶는 건 평소부터 익숙하지 않다면, 자기가 하는 건 꽤 어렵거든—."

"그럼 뭐 그런 걸로 괜찮겠죠."

우선 준의 머리카락을 뒤로 묶어서 헤어핀으로 고정하고, 이어서 코토부키의 옻칠을 한 것처럼 아름답고 긴 머리카락을 조심스럽게 만졌다.

준에게 지지 않을 만큼 찰랑찰랑하고 좋은 냄새가 났다.

코토부키의 표정도 기뻐 보였다.

두 사람의 헤어 세팅을 마치고 카이는 다른 방으로 이동해서 옷을 갈아입었다.

먼저 준에게 배운 내추럴 메이크업을 했다.

다만 몇 번을 해도 위화감을 느낀다고 할까, 거울에 비치는 화장 중인 자신의 모습이 어딘가 자신의 것으로 여겨지지 않는다고 할까.

기껏 코스프레라는 사치스러운 놀이를 하는 것이니까, 이 정도 비일상감이 있는 편이 더 참맛이라고 할 수 있을지도 모르지만.

준과 코토부키는 속눈썹을 붙이고 컬러 콘택트렌즈까지 사용한다고 했다.

카이는 그렇게까지 할 생각은 없었다.

정확히는, 콘택트렌즈를 한 적이 없으니까. 눈에 무언가를 넣는다는 것이 무서웠다.

화장이 끝나고 드디어 의상을 입었다.

처음은 '던만추' 코스프레부터였다.

하얀 바지에 진갈색 부츠를 신고, 기모노를 닮았지만 옷자락이 치마처럼 퍼져 있는 검은색 상의를 걸쳤다. 파란 스카프를 목에 감고 빨간 가발을 써서 완성.

주인공 벨 군──이 아니라 일부러 동료인 대장장이 벨프 코스프레였다.

벨 군은 좋아합니다. 하지만 벨프는 더더욱 좋아합니다.

와일드하면서 은은한 매력이 있거든요. 헤파이스토스와의 관계성도 고귀하고요.

거울에 비치는 자신의 모습을 두근두근하며 확인.

"으, 으──음…… 어떻게 봐도 시치고산(3세, 5세의 남자아이와 3세, 7세의 여자아이가 무사히 성장한 것을 축하하는 일본의 전통 행사. 11월 15일로 아이에게 작은 기모노를 입히고 신사나 절을 방문한다.)이네. 와일드도 아니고 딱히 은은한 매력도 없는데."

뭐, 중요한 건 기분이다! 즐기는 마음이다!

무엇보다도 자신의 용모에 자신감 따위는 없다!!

오늘 하루, 준이랑 코토부키와 비교해서는 실망하지는 말자고 굳게 맹세하는 카이.

집합 장소인 서양식 주택 쪽 거실로 향했다.

여섯 평 넓이에 샹들리에 느낌의 형광등을 제외한 일체의 가구가 남아 있지 않아서, 서양풍 캐릭터의 촬영에는 안성맞춤인 방이었다.

1등은 카이였다.

역시 여자들이 꾸미는 것은 시간이 걸리는 듯했다.

아무도 안 보는 사이에 벨프 형씨의 마음으로 포즈를 취하거나, 【윌 오 위스프】 마법을 쏘는 흉내를 내거나, "【불타버려라, 외법의 업】" 허고 주문을 영창하거나, 스스로 느낄 정도로 무척 신이 났다.

벨프라면 무지막지하게 큰 검이 상징적이지만 아무래도 그것을 준비하기는 어려웠다. 맨손으로 참았다. 오히려 【윌 오 위스프】로 벨 군을 서포트하는 장면을 그리며 재현에 도취했다.

하지만 사람이 오는 기척이 있었기에 얼른 그만뒀다.

"기다렸죠, 선배."

"어라, 준은?"

"아직 옷을 입느라 시간이 걸려서요. 도와줄까 싶었는데, 먼저 가라고 그랬어요."

과연, 코스프레 첫 도전인 준보다는 코토부키 쪽이 여러모로 조금 더 빠른가.

참고로 코토부키의 의상은 2주 전에도 본 헤스티아.

하지만 몇 번을 봐도 귀엽다.

패드 네 장이 들어간 가슴은 오늘도 봉긋하고, 파란 끈이 빛났다.

그런 생각을 하는 사이,

"착용감은 어떤가요, 선배?"

"어, 무척 좋아요. 게다가 움직이기 편해요."

"그렇다면 다행이에요. 스피드 중시로 완성하기도 했고, 어차피 평상복이 아니니까 봉제를 대충했다고 어머니가 자백했으니까요."

"이 옷이요? 충분히 잘 만들어졌는데요."

역시나 프로 재봉사였다.

"게다가——."

"게다가, 뭔가요. 코토부키 씨."

무언가를 말하려다가 이어지는 말을 꺼내지 못하는 코토부키를 보고 카이는 고개를 갸웃거렸다.

코토부키는 시선을 헤매며 머뭇머뭇 말했다.

"무, 무, 무, 무척, 무척, 잘 어울린다 싶어서."

"아……하하……. 고마워요."

기껏 코스프레한 것이다. 빈말이라도 기뻤다.

게다가 지독히 부끄러웠다.

"처, 천만에요……."

칭찬한 코토부키 쪽까지 새빨개졌다.

'아니, 이거 불편하잖아!'

이런 현장, 혹시 준이 난입한다면 수치사한다.

어떻게든 분위기를 환기해야 한다.

"그럼 조명 상태도 확인하고 싶으니까, 테스트로 찍어볼까요."

카이는 마치 그럴듯한 카메라맨처럼 입을 열었다.

반쯤은 분위기 전환을 위한 조크. 나머지 반은 코스프레의 연장인 역할 놀이였다.

실제로는 그런 기술도 지식도 없다.

코토부키를 향해 자신의 스마트폰을 들고, 적당히 찰칵찰칵 찍었다.

"모델 분, 딱딱하네―. 좀 더 가슴을 펴고―."

"노, 놀리지 마세요."

코토부키는 그렇게 말하지만 실제로, 딱딱했다.

부끄러운 심정이 앞선 것이리라. 등줄기도 움츠러들어서, 헤스티아 코스프레의 포인트라면 대담하게 노출된 가슴의 계곡일 텐데 (개인적인 감상입니다) 팔로 가려 버렸다.

자기 가슴이 아니라 가짜인데도 남들한테 드러내는 것은 역시나 부끄럽나? 그런 의문이 들었지만, 확인할 배짱은 물론 없었다.

던만추의 헤스티아라면 활기발랄, 태연자약한 캐릭터인데, 그런 점에서 코토부키는 전혀 소화하지를 못했다. 그것은 지난번에도 그랬다.

'뭐, 딱히 상관없지. 노는 건데 무리할 필요 없어.'

카이는 신경 쓰지 않고 잔뜩 찍었다. 사진 데이터는 나중에 클라우드로 공유한다.

그러는 사이에 준도 도착.

특징적인 녹색 두건 달린 망토 아래는, 몸의 라인에 딱 맞는 하얀 민소매 셔츠, 녹색 긴 장갑과 롱부츠와── 블루머 같은 무언가.

사연 있는 엘프, 류 씨 코스튬이었다.

"기다렸지─! 찍자─!"

기운차게 종종걸음으로 달려오자, 딱 맞춘 얇은 셔츠다보니 가슴이 출렁출렁 흔들렸다. 코토부키가 눈을 추켜세웠다.

류 씨는 (오타쿠가 가지는 일반적인 이미지의) 엘프치고는 가슴이 있는 캐릭터지만, 준의 그것은 조금 지나치게 클지도 모르겠다.

역시나 코토부키 씨의 말대로, 부풀리는 것은 간단하지만 줄이는 것은 어렵다.

"그보다도 있지─, 아버지한테 비밀병기를 빌려왔거든─."

그러면서 준이 자랑스럽게 꺼낸 것은 DSLR이었다.

"괜찮나요, 미야카와 선배? 그거, 무척 비싼 거 아닌가요?"

"제대로 된 취급방식 같은 거 모른다고, 나는."

"괜찮아 괜찮아. 우리 아버지, 제대로 쓰지도 않으면서 차례차례 계속 바꾸니까, 집에 남아돌거든. 어머니가 『짜증 나고 그러면, 개운하기라도 할 테니까 망가뜨릴 작정으로 써도 돼』라던데."

"그런 터무니없는……."

"SLR도 종류가 여럿 있다고 들었으니까, 그렇게 비싸지는 않은 걸까요?"

카이와 코토부키는 멋대로 그렇게 납득했다.

나중에 무지막지하게 고가의 카메라(십만 단위!)임을 알고 "준네 아버지는 대체 뭘 하시는……?" 하며 전율하게 되지만, 그것은 또 다른 이야기다.

"그럼 뭐, 감사히 쓰도록 하고, 준부터 찍을까―."

"에헤헤―, 어쩐지 긴장되네―."

준은 그렇게 말하며 어마어마한 미소로 브이를 그렸다.

좋아하는 류 씨와 같은 모습이 될 수 있어서 어지간히도 기쁜 것이리라.

그 미소를 찰칵.

"어때어때? 제대로 찍혔어?"

"……아니."

사진을 바로 확인할 수 있는 것이 디지털카메라의 장점이다.

카이는 감추지 않고 완전히 핀트가 맞지 않는 준의 미소를 보여줬다.

"……이런 거 류 씨가 아냐."

"DSLR은 핀트를 조절하지 않으면 제대로 찍을 수가 없대요. 어디에 다이얼이 있을 거예요."

"어, 그런 거야, 호테이?!"

"그런 만큼 익숙해지면 멋진 사진을 자유자재로 찍을 수 있다고 하지만, 초심자의 경우에는 스마트폰 카메라 쪽이 그냥 깔끔하게 찍어주거든요."

"……몰랐어. ……그런 거."

DSLR은 조심스럽게 집어넣기로 했다.

마음을 다잡고, 카이의 스마트폰으로 준을 다시 찍었다.

항상 활기가 넘치고, 침울해도 기분 전환이 빠른 것이 준의 장점이다.

"어때어때? 류 씨 귀여워? 귀여워?"

"어―, 귀여워 귀여워."

미소로 브이 사인을 하는 류 씨를 찍으며 카이는 기탄없이 칭찬했다.

준이 분위기를 타서, 손을 고양이 같은 모양으로 만들었다. OVA라도 나오는 게 아니라면 류 씨가 절대로 하지 않을 법한 오리지널 포즈를 취했다.

"귀여운 건 틀림없는데 말이지―."

일단 소재가 준이니까. 게다가 야스다 스즈히토 신께서 디자인한 의상이니까.

녹색 블루머(?)니까.

"제대로 류 씨 역할을 해. 쿨 뷰티가 되라고. 류 씨의 이미지를 부수지 말라고."

"어―, 무리무리. 너무 기뻐서 뺨이 풀어져 버려. 뺨 근육이

붕괴됐어."

"너 말이야……."

헤실헤실하는 류 씨는 보고 싶지 않—— 아니, 이건 이것대로 괜찮은가?

다름의 장점이 있다고 결론지을 수 있다면, 가슴 파워 업도 괜찮을까?

찐팬한테 혼이 나더라도 괜찮나?

영원히 풀리지 않은 난문에 고민하며, 셔터 버튼을 마구 누르는 카이.

"선배, 슬슬 제 사진도 찍어 주시겠나요—— 귀엽게."

그러자 눈동자 안쪽으로 무언가를 활활 불태우는 코토부키가 요구했다.

"그럼 나랑 같이 찍자, 호테이!"

"죄송해요. 우선은 납득이 갈 때까지 혼자서 찍을게요—— 귀엽게."

귀여움에 엄청 집착하시네요…….

코토부키가 조용히 풍기는 프레셔에 압도당하는 것을 느끼며 묵묵히 따르는 카이.

스마트폰 카메라를 향하자, 조금 전과는 다른 사람처럼 돌변해서—— 코토부키가 활기발랄한 표정으로, 헤스티아답게 엄지를 척 세워든 포즈를 취했다.

대담하게 열린 가슴(가짜)도 이제 감추기는커녕 쫘—악 펴서 어필했다.

"오, 좋네요."

"귀엽나요?"

"정말 귀여워요. 이건 신님이에요."

카이도 신이 나서 셔터 버튼을 눌렀다.

그것으로 코토부키도 기분이 좋아졌는지, 준과 함께 하는 촬영에도 응해서 투샷 사진을 찍었다.

코토부키가 제대로 헤스티아로 변한 만큼, 비슷하게 활기 넘치는 류 씨의 위화감이 더더욱 강조되고 말았지만.

그리고 카이도 벨프 모습으로 사진을 찍었다.

적어도 포즈는 멋있게 취하겠다! 사전에 잔뜩 벼르고 있었지만, 막상 카메라를 들이대자 긴장되고 부끄러웠다. 간신히 코토부키의 심정을 이해했다.

그래도 준처럼 원작 이미지를 뒤집는 짓만큼은 삼가고, 드문드문 납득이 가는 사진을 찍을 수 있었다. 선전 사이트의 분위기를 만들기에는 충분할 것이다.

물론 준이나 코토부키와도 순서대로 함께 찍었다.

"자, 카이! 브이, 브이! 예—이."

"벨프 형씨는 브이 같은 거 안 해!"

"됐으니까 브이하자고! 분위기 참 못 맞춰주네."

"엄밀하게 말하면, 분위기를 못 맞추는 건 준 쪽이잖아!"

불평하면서도 준의 기세에 넘어가는 카이.

무뚝뚝한 얼굴로 브이를 그리는 벨프와 더할 나위 없는 미소로 브이를 그리는 류 씨라는, 원작 이미지를 산산이 박살내는 지독한 코스프레 사진 완성이었다.

이래서야 팬의 분노가 무서워서 선전에는 못 쓰겠다.

이어서 코토부키와의 투샷 사진을 찍었는데──.

"……조금 지나치게 가깝지 않나요, 헤스티아 님?"

"무슨 소리야, 벨프 군. 나는 권속을 소중히 여기는 신이야, 이 정도 거리감은 친애의 증표인걸!"

"말투만큼은 비슷하지만 헤스티아는 그런 말 안 해."

"제, 제 안에서는 말한다고요."

"이 가짜 녀석!"

"요정 군과는 그렇게나 가까웠는데, 나하고는 싫다는 게냐 벨프 군은!"

"이봐 그만둬, 벨프 형씨를 난봉꾼 캐릭터로 만들지 마."

──그렇게 달라붙는 코토부키를 상대로 말다툼을 벌이는 모습을 준이 재미있어서 마구 찍어댄다는, 지독한 코스프레 사진 완성이었다.

이것도 팬의 분노가 무서워서 선전에는 못 쓰겠다.

마지막으로 셋이서 이 자리를 기념하는 의미로 단체 사진을 찍었다.

셀카로 프레임 안에 모두 들어가도록, 카이를 중심으로 두 사람이 더없이 달라붙었다.

그것은 어쩔 수 없었다.

의식하면 심장이 터질 것 같으니까 가능한 한 마음을 비웠지만, 완성된 사진을 보고 실망했다. 객관적인 현실이 눈앞으로 들이닥쳤다.

류 씨 상태의 준은 무의식적이었을 테지만, 카이에게 달라붙은 자세가 어떻게 봐도 이미 '가슴 닿고 있거든' 상태였다.

그리고 헤스티아 코토부키가 울컥해서는 은근슬쩍 카이의 팔에 양팔을 휘감았다.

'내가 주인공 코스프레였다면 좋았을 테지만…….'

현실은 벨프였다. 덕분에 NTR 느낌 가득한, 지독한 사진이 되어버렸다.

이것도 팬의 분노가 무서워서 선전에는 못 쓰겠다.

저자 오모리 후지노 선생님의 분노도 무서워서 못 쓰겠다.

옷을 갈아입고 2회전, '데어라' 코스프레.

하지만 카구야 의상을 입고 온 준을 보고 카이는 깜짝.

본디지 패션이라고 할까, 상반신은 벨트로 아슬아슬한 부분을 가렸을 뿐인, 노출도가 심각한 캐릭터인데──.

"살색 이너를 입는다는 규칙 정했잖아, 준! 정말로 노출하면 아웃이잖아!"

"에이─, 딱히 뭐 어때."

뭐가 어떻기는. 맨살도 맨가슴(일부)도 보인다고.

"누가 보는 것도 아니잖아―. 게다가 살색 이너 같은 건 촌스러우니까―."

"내가 있잖아!"

"이런 거야 수영복 같은 거잖아―? 카이가 상대라면 새삼스럽잖아―?"

확실히 작년 여름에 수영복 차림을 뵙기는 했지만!

"그래도 사진을 찍는다면, 내가 프린스 선생님한테 살해당할 테니까 안 돼!"

"안 들켜, 안 들켜!"

"스마트폰의 해상도를 얕보지 마!"

그리고 코토부키 씨의 눈동자가 계속 불타 오르고 있으니까 안 돼!

3회전, '페이트 아포크리파' 코스프레.

여기서는 코토부키가 남장 코스프레에 도전했다.

패션 안경을 쓰고 하얀 바탕에 금색 라인이 들어간 셔츠를 입어서, 최애인 카울레스로 분장했다.

'어깨 패드를 넣기만 하면 되고, 가슴 거의 안 눌러도 되는 건 장점이네―. 코스프레에서는 진짜 빈유가 스테이터스구나―.'

그런 생각을 하더라도, 절대로 태도로 드러내지 않는 카이.

한편 코토부키는 카울레스답게, '조금 의지가 안 되는 안경 남자 캐릭터'의 표정이나 동작도 표현하고자 시행착오를 거쳤다.

하지만 역시나 연기에 익숙하지 않으니까 제대로 되지 않았다.

'의지가 안 되는 남자'라기보다 '여자애 같은 남자'가 되어 버린다.

그것을 본 준은 대흥분.

"큰일이야아아아♥♥♥ 나 무언가 눈떠 버릴 것 같아! 미쳤어 미쳤어미쳤어……♥♥♥♥♥"

가엽게도 언어중추가 파괴되어 버린 듯했다.

심지어는 시로 코토미네로 분장한 카이와 코토부키의 투샷을 준이 촬영하는 턴으로 들어가니,

"나, 부녀자 속성은 없지만 이건 가능해! 너무 좋아서 이러다 죽겠어! 미쳤어미쳤어미쳤어──."

"그만하세요! 카울레스와 시로의 커플링이라니 말도 안 돼요!"

사실 기호의 일부가 썩어 있던 코토부키가, 이 말에는 맹렬하게 항의했다.

"카울레스의 상대는 당연히 로드 엘멜로이 2세라고요!"

틀림없이 마음속에 범접해선 안 될 무언가가 있는 모양이다.

무서우니까 파고들지는 않기로.

이어서 4회전 촬영도 끝난 참에, 14시를 넘은 시간임을 깨달았다.

점심을 먹기로 하고, 각자가 가져온 도시락을 펼쳐서 나누었다.

셋 다 빨리 다음 코스프레를 하고 싶어서 근질근질하다 보니

페이스 좋게 다 비웠다.

그리고 5회전, '귀칼' 코스프레.

남녀로 나뉘어서 옷을 갈아입고, 카이는 탄지로로 분장했다.

스탠드칼라 대원복에 끝단을 줄인 하카마. 그리고 바둑판무늬 기모노를 걸쳤다.

모조도는 싸구려 장난감을 어디서나 살 수 있으니까 회사 경비로 준비해 달라고 했다.

트레이드마크라고도 할 수 있는 이마의 흉터는 특수 메이크업 기술이 없었기에 원통하지만 패스. 나중에 사진을 포토샵으로 부자연스럽지 않게 흉터 모양을 붙일 수 있을지 시험해 볼 생각이었다.

"하지만 뭐—…… 시치고산이네."

거울에 비치는 자신의, 멋있는 옷이 그저 입혀진 모습을 보고 투덜거렸다.

이것도 나중에 적당히 사진을 포샵할 수 없을까? 5할 정도 더 남자답게 할 수는 없을까?

그런 쓸데없는 생각을 하며 집합 장소로 이동했다.

작품 분위기에 맞추어서 일본식 방으로 변경했다. 뒤뜰과 붙어 있어서 툇마루도 있었다.

카이가 1등으로 와서, 덧창을 열고 두 사람을 기다렸다.

누구의 시선도 없는 틈에, 물의 호흡 놀이에 심취했다.

하지만 금세 인기척이 느껴져서 얼른 그만뒀다.

"기다렸죠, 선배."

Illustrations © mmu

"먼저 물의 호흡 놀이라도 하고 있으면 될 텐데—."

"하, 할 리가 없잖아, 혼자서."

같이 들어온 두 사람에게 뒤집어진 목소리로 대답했다.

시노부 씨로 분장한 코토부키는, 대원복인 스탠드칼라 상의에 하카마. 호랑나비 모양의 머리장식에, 마찬가지로 호랑나비 무늬의 하오리 코스프레.

칸로지 씨로 분장한 준은, 설정 그대로의 극미니 원피스로 개조된 대원복에 하이삭스 코스프레. 특히 헤스티아에게 지지 않을 만큼 대담하게 열린 가슴께가 준의 볼륨감 있는 바스트에 잘 어울렸다. 으~응, 패드 필요 없음. 이번에야말로 살색 이너를 밑에 입고 있지만, 그것을 알고서도 시선이 '그곳'으로 못 박히고 말았다.

"……선배?"

카이의 시선이 향한 곳을 알아차린 코토부키가 싸늘한 시선을 향했기에 황급히 자중.

"그럼, 누구부터 찍을래?"

애써 메마른 미소로 포장하며 확인했다.

이제까지 4회전 모두, 우선은 준이나 코토부키 단독 사진을 찍고, 그리고 카이의 사진을 찍거나 로테이션으로 함께 찍는 흐름이었다.

하지만 이번 5회전,

"처음에 우리부터 같이 찍어줘!"

"부탁할게요."

준이 친밀하게 코토부키에게 다가가고, 코토부키도 평소처럼 싫어하지는 않고 말했다.

갑자기 무슨 바람이 불었을까?

수상쩍게 느껴졌지만, 카이에게 거절할 이유는 없었다.

스마트폰 카메라를 향하자 두 사람이 가까운 거리 그대로 포즈를 취했다.

"오."

저도 모르게 감탄을 흘리는 카이.

카메라 너머로 보는 두 사람의 모습은 참으로 그림이 된다.

5회전에 들어가서 코토부키도 분위기를 탔을까.

시노부 씨의 다정하면서도 엄하고, 밝으면서도 어딘가 권태롭고, 어른의 여유와 위태로운 본성이 공존하는, 특유의 분위기를 잘 자아냈다. 너 무슨 모델이냐고 신음했다.

한편 준은 조금 더 변했다.

이제까지는 류 씨 코스프레를 하든, 카구야 코스프레를 하든, 아탈란테 누님의 코스프레를 하든, 전부 준이었는데. 하나밖에 모르는 바보같이 브이 사인만 했는데.

포즈도 표정도 제대로 칸로지 씨가 되어 있었다.

원래 준이 연기하기 편한 캐릭터이기는 할 것이다. 칸로지 씨도 천진난만하고 덜렁대는 부분이 애교니까.

"둘 다 좋아~."

카이는 정신없이 셔터 버튼을 눌러댔다.

두 사람을 잔뜩 칭찬하는 말이 자연스럽게 입에서 튀어나오고, 조금 더 표정을 지어 달라, 포즈를 취해 달라, 시선을 달라 며 실컷 요구했다.

준과 코토부키도 더더욱 즐거워하고, 빛이 났다.

이제까지의 4회전과는 명백하게 분위기가 달랐다———.

시간을 조금 거슬러 올라가서.

점심식사 후, '귀칼' 코스프레를 위해 여자팀이 옷을 갈아입 던, 그 방에서 벌어진 일이다.

전신거울은 하나뿐이니까 순서대로 사용하고 있었다.

준은 넘칠 것 같은 유방을, 대담하게 가슴께가 벌어진 의상에 집어넣느라 (게다가 예쁘게 보이도록) 악전고투하고 있었다.

오늘 촬영을 위해서 코토부키도 원작 만화를 감사히 받아서 이수했다.

그러니까 절찬 방송 중인 애니메이션에서는 아직 등장하지 않 은 칸로지 씨에 대해서도 파악하고 있었다.

인터넷에서 팬 일러스트를 못 본 날이 없는 인기 캐릭터였는 데, 참으로 납득이 갈 만큼 매력적이었다.

그리고 분하게도 준에게 어울리는 캐릭터라고도 생각했다.

자신이 칸로지 씨 코스프레를 한다면 가슴 패드가 대체 몇 장 이 필요할까?

그것을 스스로 마련한 준이 부럽지 않은가 하면 거짓말이다.

그리고 끝내는,

212 내 여사친이 최고로 귀여워 2

'코스프레를 한다면 슬렌더한 편이 무조건 좋지만, 남자한테 인기를 얻고 싶다면 커다란 쪽이 무조건 좋겠지. 기왕이면 말이지. 카이 씨도 말이지.'

같은 불평을 흘리고 말았다.

눈매까지 원망스럽게 변해서는 빤히 바라보자── 그 모습이 거울에 비쳐서 준이 코토부키의 태도를 알아차렸다.

기세 좋게 코토부키를 돌아보고, 양손으로 밑에서 떠받친 유방으로 직접 주장하며,

"주물러 볼래?"

"그런 취미는 없어요."

그리고 뭐야, 그 멋들어진 미소.

"선배라고 사양할 것 없다고? 내 친구들은 다들 친해지면, 주무르게 해달라고 호기심에 한 번은 말하니까."

"완곡한 자랑, 감사합니다."

코토부키는 고개를 획 돌렸다.

그러자 준이 금세,

"안심해─. 호테짱도 이 정도는 금세 커질 테니까. 내년에는 자랄 테니까."

"정말인가요 무조건인가요 제 눈을 보고 말할 수 있나요?"

코토부키는 확 달아올라서, 또 금세 준을 찌릿 노려봤다.

"아, 호테짱이 이쪽을 봐줬어─."

"……큭."

그게 노림수였나. 이것이 리얼충의 토크 스킬인가.

나이도 한 살 차이밖에 안 나는데, 마음대로 조종당해서 분했다.

준은 어딘가 어른스러운 미소 그대로,

"나 있지―, 호테짱한테 고맙다고 해야 하거든―."

"예? 대체 뭔가요, 갑자기."

뾰로통한 목소리로 묻자 준은 아직도 유방을 출렁출렁하며,

"나도 오타쿠니까, 코스프레는 동경했거든. 사회인이 되어서 잔뜩 벌게 되면 잔뜩 하자고 결심했는데, 호테짱 덕분에 이렇게 나 빨리 염원을 이뤄 버렸어."

"아…… 그런 건가요. 감사할 필요 없어요, 윈윈이니까요."

"고마워해야지! 나 너무 기대되어서 어제는 제대로 잠도 못 잤고, 너무 즐거워서 오늘은 이미 도를 넘어버린걸!"

"그건 잘 됐네요."

도를 넘어버리는 건 항상 있는 일 아닌가? 내심 그런 독설을 내뱉은 코토부키.

계속 그렇게 쌀쌀맞은 대응을 하자―.

준이 문득 차분한 표정을 짓고,

"호테짱은 나랑 같이 촬영하는 거, 즐겁지 않아?"

이쪽의 가슴이 죄어들 것만 같은, 쓸쓸한 목소리로 물었다.

코토부키는 흠칫해서는 준의 안색을 살폈다.

슬픈 눈빛이었다.

하지만 버려진 고양이 같은 것과는 달랐다. 반대. 시체를 절대로 주인에게 드러내지 않는, 성숙한 고양이의 기척에 가까웠다.

준은 본질적으로 코토부키를 필요로 하지 않는다. 그러면서 코토부키와 친해지기를 바란다. 하지만 코토부키가 진심으로 싫어한다면 잠자코 사라질 생각이다.

준은 쓸쓸한 자신을 슬퍼하는 것은 결코 아니고, 어디까지나 코토부키를 배려한다.

그런 눈빛이었다.

이것이 혹시 연기라면 그야말로 뛰어난 배우다.

하지만 아닐 것이다. 준은 그렇게까지 표리부동한 인물로 보이지는 않았다.

그러니까 코토부키의 가슴까지 죄어들었다.

이 질문에는 진심으로 대답해야만 한다.

언제까지나 어린아이처럼 굴 수는 없다.

코토부키는 새침한 표정으로 대답했다.

"딱히 즐겁지 않다고, 말하진 않았잖아요."

코토부키에게 코스프레는 계속 혼자서 하는 취미였다.

어머니가 의상을 만들어 주고, 사진으로 찍어서 기록으로 남겨주기도 했다.

하지만 역시나 혼자서 하는 놀이라는 기분이 가시지를 않았다.

누군가와 함께 하는 것을 계속 동경했지만, 코스프레가 취미라고 친구에게 밝히지 못할 정도로 겁쟁이였다.

그러나 오늘, 염원을 이룬 것이었다.

즐겁지 않을 리가 없다.

하지만 두부 멘탈이니까, 솔직하지 못하게 건방진 소리만 던지고 말았다.

심정을 토로하는 것이 너무나도 부끄러워서 눈을 부라리고 말았다.

이래서야 비웃음을 사더라도 어쩔 수 없다.

실제로 준도 웃었다.

다만 비웃음 제로, 기쁨 백 퍼센트의 스마일이었다.

"다행이다! 그럼그럼, 호테쨩한테 제안할 게 있는데."

"드, 들어보죠."

"슬슬 진심으로 코스프레하지 않을래?"

"미야카와 선배가 그런 말을 하나요?!"

"도를 넘었다고 했잖아. 하지만 슬슬 제대로 코스프레와 마주하고 싶어졌어. 다음 스테이지로 나아가고 싶어. 그렇다고 할까, 카이가 아까부터 『그런 거 류 씨가 아냐』라든지 『카구야가 아니야』 같이 일일이 시끄럽게 굴어서 짜증나니까 갚아주고 싶어."

"나카무라 선배니까 말이죠."

"그렇지, 성격이 쪼잔하거든. 불평만 하고, 우리 코스프레 보고서 헤실헤실하는 주제에."

"……나카무라 선배니까 말이죠."

"그러니까 다음에야말로 제대로, 칸로지 씨랑 시노부 씨를 하

자. 처음부터 같이 촬영하는 거야."

그러면 더더욱 즐겁다.

계속계속 함께 즐길 수 있다.

준이 가장 말하고 싶은 것이 전해졌다.

그러니까 코토부키도 준의 눈을 보고 살며시 끄덕였다.

말은 없어도, 가장 말하고 싶은 것은 전해질 터였다.

"좋아! 그럼 기합을 넣어서 코스프레해야겠지."

준이 다시 거울을 보고, 최적의 가슴 포지션을 모색하느라 악
전고투했다.

"나카무라 선배의 탄지로한테 져서야, 처음부터 이도저도 안
될 테니까요."

"아니―, 어차피 카이는 시치고산이 될 게 뻔하잖아."

"그렇지 않아요. 벨프도 좋았어요."

"호테짱, 뇌신경외과 갈래?"

"적어도 안과로 부탁할게요."

──그런 전말이 있었던 것이다.

코토부키는 보다 더 시노부답게, 준은 보다 더 칸로지 씨답게
변신하는 코스튬에 도전했다.

아니, 그런 구도적인 이야기가 아니었다.

좋아하는 캐릭터로 '흉내'라고는 해도 동화하는 것이다.

이것이 즐겁지 않을 리가 없다.

그녀들의 뜨거운 열기와 맞닥뜨렸는지, 카이 역시도 오늘 중

가장 집중하는 모습으로 셔터 버튼을 마구 눌렀다.

"쩔어쩔어쩔어쩔어 둘 다 쩔어! 표정이 쩔어! 포즈도 쩔어. 너무 어울려서 쩔어. 최고로 귀여워서 쩔어. 어쨌든 쩔어. 전부 쩔어. 쩔어쩔어쩔어쩔어——."

언어중추가 파괴되었다.

그 모습을 본 준이 흘끗 아이콘택트했다.

'이 녀석 너무 간단한데.'

코토부키도 흘끗 아이콘택트로 답했다.

'나카무라 선배니까요.'

마치 짠 것처럼 동시에, 둘이서 웃음을 터뜨렸다.

한동안 웃음이 그치지를 않았다.

원래 모습으로 돌아가서도—— 시노부 씨와 칸로지 씨가 아니게 되고서도, 그렇게 함께 웃는 것이었다.

그 후로도 6회전, 7회전으로 코스프레를 즐겼다.

호테이 어머니는 열심히 해주어서, 당초의 예정보다도 많은 한 사람 당 일곱 벌을 준비해주었다.

만족할 때까지 즐기고, 선전용 촬영분도 더할 나위 없이 확보할 수 있었고, 철수할 무렵에는 저녁이 되어 있었다. 정말로 하루 종일 실컷 놀았다.

호테이 어머니가 마중을 온 뒤에도, 셋이서 패밀리 레스토랑에 가서 뒤풀이 겸 저녁을 먹었다.

알코올이 들어 있지도 않은데 제대로 신이 났다. 실컷 담소를 나누었다. "카이가 계속 카구야 가슴을 흘끗흘끗 봤어"라든지 "계속 칸로지 씨 가슴을 흘끗 봤어"라던지 "계속 시온 가슴을 훔쳐봤어"라든지 화제는 끊이지 않았다.

솔직하게 반성했다.

귀가하고도 아직 흥분해서 좀처럼 잠들 수가 없었다.

하지만 온몸에 퍼지는 기분 좋은 피로가 서서히 수면의 세계로 이끌어주었다.

다음 날은 일요일이니까 그래도 낮까지 잘 수 있다면 최고였다.

하지만 그럴 수도 없었다. 애석하게도 아침 일찍부터 알바가 있었다.

코토부키와 같은 시프트로, 같이 성실하게 일했다.

어제의 피로가 남아 있어서 그렇다고, 그런 변명을 할 수 있을 리가 없었다.

그리고 점심의 휴식 시간.

카이는 코토부키와 함께, 걸어서 5분 거리에 있는 저렴한 대중식당 '미츠바'로 향했다.

오늘 아침, LINE으로 코토부키가 권유한 것이었다.

"어제는 수고했어요, 선배."

"아뇨아뇨. 코토부키 씨야말로."

"생생하고 멋진 사진뿐이라고, 아버지도 어머니도 무척 기뻐했어요."

"그건 다행이네요. 스폰서가 기뻐해 주시는 건 중요하니까요."

"후후, 그러네요. 아직 사진 엄선 작업이 남아 있지만요."

"저도 도울게요. 여하튼 수가 막대하니까요."

"모쪼록 부탁드려요, 선배."

"알겠어요. 그것도 틀림없이 즐거운 작업일 테고요."

대로에서 한 칸 안쪽으로, 비스듬히 들어가는 골목을 둘이 나란히 걸어갔다.

걸어가며 나누는 잡담.

코토부키의 걸음에 맞춘, 느긋한 페이스.

"선배. 부탁하는 겸 하나 더── 긴히 할 이야기가 있는데요."

키 차이 때문에 올려다보며, 코토부키가 말을 꺼냈다.

과연, '비버'의 휴게실에서는 못 하는 이야기인가. '미츠바'에 가자고 한 것은, 카이를 데리고 나오는 것이 주목적인가.

등줄기를 곧게 세우고,

"말씀하시죠."

"어제는 정말로 즐거웠어요. 정말로."

"그게…… 긴히 할 이야기인가요?"

"마지막까지 들어주세요. ――전에, 미야카와 선배랑 셋이서 게임을 했잖아요? 그날도 결코 즐겁지 않았던 건 아니라고요? 다만…… 솔직히 말씀드리면, 피곤하기도 했어요. 선배들이 잘 못한 게 아니에요. 오히려 저를 배려해 주셔서 죄송할 정도였지……. 근본적으로 저는 게임을 좋아하지 않는 거겠죠."

"어쩔 수 없어요. 취향은 사람에 따라 다르니까요."

아쉽기는 하지만, 취미나 기호는 타인에게 강요할 것이 아니다.

"그러니까 셋이서 또 코스프레를 하지 않을래요? 가능하다면 한 달에 한 번 정도로 할 수 있다면 좋겠는데. 어머니도 코스프레 의상을 만드는 보람이 있다며, 잔뜩 분발하고 있어요."

"바라마지 않는 일이에요. 준도 틀림없이 기뻐할 거예요."

"그 밖에도 애니메이션 감상회 같은 것도 하고 싶어요. 영화도 보러 가고 싶고요. 프로메어, 엄청 호평이라죠?"

"그것도, 준도 같이 가도 되나요?"

"예. 오히려 같이 안 가면 섭섭해요."

무슨 바람이 불었을까, 카이는 눈을 끔벅거렸다.

"그 말 그대로의 의미예요. 더 이상 아무런 계획도 꾸미지 않을 거예요."

"이전에는 그런 계획을 꾸몄다고 말씀하시는 것 같네요."

"실언이었어요."

코토부키가 귀엽게 혀를 내밀었다.

이 어설픈 소악마 녀석.

"미야카와 선배는 무척 재미있는 분이에요. 같이 있으면 즐거워지죠."

"그렇죠, 그렇죠."

"그러니까, 선배의 마음을 무척 잘 이해할 수 있었어요."

"그렇다면?"

"애써 무리해서 데이트를 하는 것보다, 편하게 노는 게 즐거워요. 애인보다 친구가 소중해요. 저도 아직 어린아이였다는 이야기예요."

그리고 한번, 말을 멈췄다.

그러니까, 하고 말을 이었다.

코토부키가 무슨 말을 꺼낼지, 카이는 반쯤 예상을 하면서도 귀를 기울였다.

역시나, 코토부키는 딱 잘라서 말했다.

"카이 씨의 애인이 될 수는 없어요. 그러니까, 친구부터 시작하지 않을래요?"

생각하던 그대로의 말이었다.

"어. 지금, 제 쪽이 차였나요?"

카이는 일부러 농담을 던졌다.

그리고 참지 못하고 웃음을 터뜨리자,

"그래도, 우스울 정도로 낡아빠진 거절의 말이네요."

"어, 어쩔 수 없어요. 달리 표현할 말이 없잖아요. 선인이 계속 사용했다는 건, 그만큼 진리를 포함한 말이라는 거겠죠."

"틀림없네요."

다시 한번, 카이는 쾌활하게 웃었다.

그야말로 가슴이 후련해지는 기분이었다.

점심은 정식을 대자로 먹기로 하고, '미츠바'로 이어지는 인기척 없는 골목이 평소보다 밝게 느껴지기조차 했다.

그리고──.

갑자기 코토부키가 카이의 손을 잡고, 둘이서 손을 잡고서 걸어가는 모양새가 되었다.

깜짝 놀라서 코토부키의 얼굴을 보는 카이.

하지만 코토부키는 뻔뻔스럽게 계속 앞을 보며 철저히 모르는 척했다.

그러기는커녕, 손가락과 손가락을 단단히 휘감는, 이른바 '연인 잡기'로 태연하게 고쳐 잡았다.

"이건 무슨 짓인가요, 코토부키 씨?"

어쩔 수 없이 카이는 그 질문을 말로 담았다.

이미 빤히 쳐다보고 있었다.

하지만 코토부키는 어디까지나 앞만 보고, 태연하게 대답했다.

"친구로서, 손을 잡고서 걷는 것뿐인데 무슨 문제라도?"

"이게 친구로서?!"

"예. 미야카와 선배하고도 자주 이러잖아요? 들었다고요?"

"준이랑 손을 잡고서 걸은 적 없어요!"

"그럼 친구로서 다른 행위를 하신 적은?"

"…………."

"다른 행위를 하신 적은?"

"준이랑 손을 잡고서 걸은 적은 없지만, 딱히 친구 사이라면 이 정도는 보통일지도 모르겠네요."

"그렇다마다요."

조금 건방진 후배가 득의양양하게 말했다.

카이는 아무런 반론도 할 수 없었다.

코토부키의 손바닥은 매끈매끈하고, 단단히 휘감은 손가락은 가늘었다. 여자아이였다.

자신의 오른손에 퍼지는 그 감촉을 더는 참을 수 없어서, 코토부키와 시선을 마주할 수가 없었다.

그렇다——.

평소와 반대로 자신이, 코토부키의 얼굴을 볼 수가 없는 것이었다.

Illustrations © mmu

후기

여러분, 오랜만입니다. 아와무라 아카미츠입니다.
이번 2권도 손에 들어주셔서, 정말로 감사합니다.

그리고, 터무니없는 시대가 되어버렸네요…….
코로나의 소용돌이 와중에도, 여러분께서 신체든 정신이든 경제든 무탈하게 보내시기를, 진심으로 기도하고 있습니다.
제계도 불행히 찾아오지 않도록 여러분께서 살짝 기도해 주신다면, 이보다 더 기쁜 일은 없습니다.

이번에는 굳이 많은 이야기를 드리지 않고, 이쯤에서 감사로 들어가겠습니다.
우선은 호러 영화에 겁먹은 모습도 귀여운 두부 멘탈 코토부키 씨를, 최고로 귀엽게 그려주신 일러스트레이터 mmu 님. 새침한 얼굴이 초미인인 캐릭터 디자인인 코토부키 씨의, 이런 표정을 짓는 갭이 참을 수가 없네요.
담당 편집자 마이조 씨에게는, 원격 업무로 무언가 뜻대로 되지 않는 가운데, 평소처럼 멋진 어시스트를 해주셔서 감사합니다.
GA문고의 여러분도 코로나의 소용돌이에 지지 않게 힘내주시길. 살며시 응원하고 있습니다. 저도 꺾이지 않고 힘내겠습니다.

그리고 물론 이 책을 손에 들어주신 독자 여러분, 한 분 한 분께.
히로시마에서 최대급의 기도를 담아서.
부디 건강하시길!
그리고, 감사합니다!

3권에서도 뵐 수 있기를 간절히 바랍니다. 이런 시대, 정말로 웃어넘길 수 없으니까, 간절히…….

역자 후기

안녕하십니까, 본 작품의 역자입니다.

1권에서도 그랬지만 여전히 거침없는 실명——이라고 할까, 각종 작품이 폭주하는 내용이었습니다. 기본적으로 이런 요소는 복자 처리나 에둘러서 말하는 게 워낙 익숙해서, 오히려 그냥 그대로 적는 상황이 더 어색하게 느껴지네요. 게다가 그런 요소들을 마니아들이 익숙하게 사용하는 방식으로 옮기는 것도 은근히 어렵다는 사실을 체감했고요. 줄임말이라든지 별칭이라든지. 그나마 인터넷의 힘으로 어떻게든 해결한 것 같습니다.

이번에는 코스프레가 사실상 이야기를 마무리하는 역할을 했는데요. 저는 아마도 카이 군 이상으로 옷에 입혀지는 타입의 인간이라서 코스프레는 아예 건드려 본 적도 없습니다. 물론 본인이 즐겁다면 그것을 소화할 수 있는지의 여부만이 중요하진 않겠지만, 막상 소화하지 못한다면 과연 제 자신이 즐거울지 확신이 없었던 터라. 그래서 저렇게 좋아하는 작품의 좋아하는 캐릭터를 마음껏 즐기는 모습은 역시나 부럽네요. 이제는 저런 열정 자체도 쉽게 나오지 않는 나이가 되니 더더욱 그렇습니다.

원작의 출판 시기와 번역을 진행 중인 현재 사이에 정말 그 야말로 전세계적인 큰일이 있었습니다. 아직 끝났다고 할 수는 없겠지만, 그래도 어느 정도 상황이 개선되었다는 느낌이네요. 이대로 천천히 원상복귀가 된다면 좋겠지만…… 설마 '해치웠나?!' 같은 상황이 벌어지지는 않겠지요. 음.

　그럼 다음 권에서 다시 뵐 수 있기를 바라며 이만 마치겠습니다.

Ore No Onna Tomodachi Ga Saiko Ni Kawaii vol.2

Copyright © 2020 Akamitsu Awamura
Illustrations copyright © 2020 mmu
Korean translation rights arranged with SB Creative Corp.
through Japan UNI Agency, Inc., Tokyo

내 여사친이 최고로 귀여워. 2

2023년 9월 1일 1판 1쇄 발행

저　　　자	아와무라 아카미츠
일 러 스 트	mmu
옮 긴 이	손종근
발 행 인	유재옥
본 부 장	조병권
담 당 편 집	정지원
편 집 1 팀	김준균 김혜연
편 집 2 팀	정영길 조찬희 박치우 정지원
편 집 3 팀	오준영 이해빈 이소의
편 집 4 팀	전태영 박소연
디 자 인	김보라 박민솔
라 이 츠	김정미 맹미영 이윤서
디 지 털	박상섭 김지연 윤희진
발 행 처	(주)소미미디어
등　　　록	제2015-000008호
주　　　소	서울시 마포구 토정로 222, 403호(신수동, 한국출판콘텐츠센터)
판　　　매	㈜소미미디어
제 작 처	코리아피앤피
영　　　업	박종욱
마 케 팅	최원석 박수진 최정연
물　　　류	허석용 백철기
전　　　화	편집부 (070)4164-3962, 3963 기획실 (02)567-3388
	판매 및 마케팅 (070)4165-6888 Fax (02)322-7665

ISBN 979-11-384-7959-2 (04830)
ISBN 979-11-384-7863-2 (세트)